읽어라!
어디로 가야 할지
모르겠다면

개개인의 삶의 방향성을 잡아 가기 위하여 도움을 주는 책

저
자

**김
동
철**

내 사촌 동생들을 위하여 건배!!

사촌 동생아, 다행이다! 늦게 알려 주지 않아서….

내 인생을 되돌아보고 다른 사람의 인생 설계를 진행하면서 내 사촌 동생 같은 사람이 더 나은 방향을 찾길 바라며 이 책을 쓰기까지 많은 고민을 하였다. 보석이 진흙에 파묻혀 허우적대는 내 사촌 동생 같은 사람이 여러 사람일 것이라고 생각했으며 털어 주기만 하면 좋은 방향으로 나아갈 것을 기대한다. 실제로 경험을 하였고….

여러 좋은 책을 보면 지혜가 생길 거라고 생각하지만 착각이다.

내용을 알고 있어도 사용법과 현실 적용은 다르다는 점이 아쉽기만 하다.

"본인이 찾아야 한다.", "너는 성인이다.", "무엇을 할 것이냐." 하는 것들을 본인이 다 해결하면 좋겠지만 그렇게 할 수 있는 사람은 드물 것이다.

학교 공부와 사회 공부는 엄연히 다르다. 현재 학벌이 어떤 직종에서만 필요할까? 대학교에 다니고 나면 그 이후는 무엇을 하는가? 경험이 없어 문제 해결 능력은 어떠한가? 사회 업무를 보는데 시스템을 잡는 방법은 어떠한가? 학교 공부에서 배우는 의미와 다르다. 이 책을 통해 마음으로 사회라는 것을 느껴 주길 바란다.

개개인의 삶의 방향성을 잡아 가기 위하여 도움을 주는 책이 되겠다. 뭔가를 이루는 게 중요한 게 아니라 방향성이 맞으면 이루어지게 되어 있다.

나의 내면을 이야기하고 가치 있는 기억에 디자인을 입히고자 한다.

이 바람은 어디서 온 거냐고

물어봐도 하늘은 답해 주지 않아.

이 노래는 어디로 가는 걸까?

나만의 답을 찾고 싶어

아직 모르는 꿈의 끝으로

실력을 쌓고 나아가자.

목 차

CHAPTER

01

어느 시대에
살고 계시나요?

2023년도 현재 시대

~

　정부의 간섭으로 대출은 어려워지고 거래 위축으로 주택 가격은 내려가고 비트코인 붐에 돈을 많이 벌고 잃은 사람도 생기고 연도가 오래된 동전을 8배~10배 중간 이윤을 붙여 판매가 이루어지고 유튜브나 BJ의 방송으로 젊은 청년들은 많은 돈을 벌고….

　학위의 보장 시대는 끝났으며 초등학생 꿈 순위 1위가 운동선수, 제작자[1], 교사, 의사 이렇게 되는 실정이다. 젊은이들은 좋아하는 일이 우선시되고 있다고 보면 되겠다.

　나의 경우는 대학교 때 계 모임을 하여 10년이 지난 지금도 결혼하고 아이를 낳고도 만나는 모임을 하면서 초등학생의 조카가 생기고 친구들과 만나게 되는데 SNS에 열광하고 많은 정보가 넘치고 하다 보니 똑똑하다는 느낌…. 28년 전 내가 초등학교 때랑은 사뭇 다르다는 것을 인지하였다. 문제집을 보는데 수학도 레벨이 많이 상향 조정이 된 거 같고 부러운 시대라는 생각은 안 들지만, 세대가 다르다는 것을 느낄 수 있었다.

　앞으로의 시대는 지능 로봇 시대로 자동화가 이루어지는 식당으로 종업원과 아르바이트생들의 감소, 수능이 의미가 없어지고 대학(2년

---

1) 유튜브, 틱톡 등 SNS 영상 콘텐츠를 제작하는 사람.

제) 및 대학교(4년제)의 수가 줄어들며 전문적인 직업 중 졸업이 꼭 필요한 학과만 진행되며 초등학교 6년에서 4년으로 줄어드는 교육 방법으로 바뀔 것이다. 예전의 공부로만의 성공은 사라진 지 오래고 누구나 손쉽게 인터넷의 무수한 정보를 조금만 찾으면 답이 나오는 형국이라 중학교 때 학문이 초등학교로 이전되는 방법으로 상위 학문의 나이 연령대가 낮아질 그것이라고 판단된다. 개인 및 나라의 발전이 더욱 빨라지는 방법이기도 하다.

실질적으로 5년 전부터 창업, 음식점, 예술가, 작가 등 다양한 분야에서 30세 중반~50대들만의 리그전이 확대되어 연령대가 낮아지고 있으며 20대가 더욱 늘어나고 있다.

대학교가 밥 먹여 주는 시대는 끝났다. 내 주변 친구들 역시 40대가 되어 가지만, 학사 → 석사까지 진학했던 친구들이 있는데 사회 진출은 늦고 회사에 뒤늦게 취직했지만, 급여 역시 높지 않은 경우가 많다. 시대 변화에 발맞춰 유동적 변화를 주지 않으면 안 되는 형국이 되었다.

직업에 따라 걸어야 하는
과정이 다 달라

직업은 다양하다. 해당 방향도 직종에 따른 개인차에 따라가야 할 길이 다르다.

집안의 업을 직업으로 삼은 사람, 학업으로 전문직으로 나아가는 사람.

전문직이란 보편적으로 법무사, 의사, 변호사, 회계사, 변리사, 한의사, 감정평가사 등 몸에 보이지 않는 자격을 취득한 사람인데 보편적으로 전문직의 특징은 다음과 같다.

- 체계화된 전문 지식을 기르고 복잡한 업무를 수행할 것.
- 전 시간 직업일 것.
- 협회가 존재할 것.
- 특별한 교육을 받을 것.
- 국가 자격, 면허 등이 존재할 것.
- 사회적 특권을 누릴 것.

출처: 나무위키

나랏일을 하는 공무원은 정기적인 공무원 시험을 쳐서 공무를 수행하는 사람이다.

일반적 직장인(대기업, 중견기업, 중소기업, 신생기업)-고용된 사람.

프리랜서는 대표적인 학원 강사, 유튜버, 방송인, 작가, 예술인(작가, 미술, 음악가) 등.

프리랜서는 말 그대로 자유롭게 일할 수 있으며 높은 소득을 올릴 수 있으나 수입이 불안정하며 정해진 근로 시간이 없다(계약에 의해 하는 시간만큼, 상대적 가치만큼 수익 발생).

회사 설립자 대표님은 회사를 설립하고 전반적인 모든 것을 계획하고 실행하고 운영하는 역할이며 회사와 관련된 모든 것을 책임지는 사람이다.

일반적으로 위에 설명했던 직업들이 현재 나누어진 형태이며 직업에 대해서는 어떤 학문이 사용되고 대략적으로 무엇을 하는 사람인지 알아야 한다. 직업에 대해 아는 사람과 아닌 사람은 차이가 크다. 왜냐하면, 폭이 넓어진다는 것은 본인이 선택할 수 있는 분야도 넓어진다는 의미이니 필자의 경우는 서점에 자주 가서 해당 전문직 문제집 대략 보기 및 회사(경영학, 경제학), 창업 관련 독서를 통해서 많은 것을 접하였다.

직업에 대해 알고 있어야 본인이 좋아하는 흥미를 알 수 있다. 어떤 한 책을 보더라도 눈에 금방 들어오는 사람이 있는 반면에 아무리 봐도 흥미가 떨어져, 눈에 들어오지 않고 머리에 역시 들어오지 않는 사람이 있다. 모든 사람이 같다고 생각하지 않는데 명리학적으로 말하자면 두 가지로 좁혀지는데 정인과 편인의 차이라고 하는데 이것은 어떻게 공부하여 활용하느냐에 따라 인생의 변화가 다르다. 대략 설명하자면 정인은 정규적인 학교 공부를 말하는 거며 글귀에 대한 이해 집중을 잘하는 것이고 편인은 학문이 자신이 좋아하는 공부만으로 치우쳐지는 것이다. 현재 시대에는 정인이 편인보다 좋다거나 누가 더 낫다는 개념은 의미가 없으며 본인에게 맞는 분야로 가면 되는 것이다.

직업에는 직능이라는 직무 수행 능력이 있다.

※ 한국표준직업 분류상 직능 수준의 수행 과업
제1직능 수준: 단순하고 반복적, 때로는 육체적인 힘을 필요로 하는 과업을 수행.
제2직능 수준: 완벽하게 읽고 쓸 수 있는 능력과 정확한 계산 능력, 상당한 정도의 의사소통 능력.
제3직능 수준: 복잡한 과업과 실제적인 업무를 수행할 정도의 전문적인 지식 보유, 상당히 높은 의사소통 능력.
제4직능 수준: 매우 높은 수준의 이해력과 창의력 및 의사소통 능력.

일반적으로 회사 생활을 많이 하는데 남(회사) 도와주는 기분에 "본인이 손해야." 하면서 대충 다니는 만큼 어리석은 사람이 없다.

모든 직업에는 항상 평가가 뒤따르고 일종의 사회 시험이 뒤따르는데 본인이 부풀려도 들통나는 거는 한순간이니 항상 배우는 자세로 빠르게 습득하고 부족한 부분을 채우지 않으면 사회에서 많이 힘들어진다. 실제로 주변에 그런 사람이 많은 거 같다. 착각하는 것 중 하나가 일 열심히 하는 사람은 남(회사) 도와주는 그런 의도인 사람은 없다. 본인을 능력치를 올리기 위함이라고 보아야 할 것이다.

실질적으로 회사 경력이 많은데 똑같은 직종의 회사에 들어갔는데 실력이 경험보다 떨어지는 사람이 있으며 사적인 시간을 더 활용한 경우이다. 시킨 거만 하고 회사 내 서류 1장 관심 없는 인재들은 실력이 어느새 다 밝혀지게 되어 있다. 설령 운 좋게 대리는 넘어갔다고 하더라도 본인이 이끌어야 하는 상황이며 전체를 다 보고 언제든지 답할 준비가 되어야 하는데 간단한 것도 답 못 하는 경우를 보았다. 그리고 본인을 제대로 가르쳐 주지 못해서 그렇다는 핑계도 상당히 많이 들었다. 배우러 온 곳이 아니라 월급을 받고 일하러 온 곳이 아니던가. 배우는 자세가 틀렸다는 말이다. 그렇다고 회사 차려서 이게 편해 보이니 시작하는 사람은 더 말리고 싶다.

회사 생활도 못 하는데 개인 창업은 더욱 잘할 수 없다. 회사 일과 본인이 창업했던 것은 하늘과 땅 차이다. 창업하는 순간 모든 일이 자기 일이 되고 모든 일을 다른 사람에게 넘길 수도 없는 노릇이다. 10가지 일이 있다면 그중 최소 90%는 알아야 상황 판단을 하고 결정을 할 것 아닌가?

　직장에 다니면서 이상한 곳도 존재한다. 난 기본적으로 회사를 고를 때는 첫 번째는 자신의 능력을 높이며 잘 활용할 수 있는 곳이어야 한다. 이게 안 될 때는 다른 곳에 이직하면 그만이다. 아쉬워하다 본인의 인생 시간 낭비만 될 것이다. 나머지 조건은 월급이 높은 곳, 복지 등 남들과 다 비슷하다고 생각된다.

　위의 4가지 직능 수준은 최소 3단계~4단계는 되어야 한다고 생각된다. 이 수준까지 오르기까지 누구나 정말 노력해야 한다. 이 단계에서는 문제 해결 능력이 중요한데 어느 회사든 문제 발생은 항상 생기며 여기에 대해 어떻게 대처하는지 승패가 회사의 행복으로 또는 절망으로 빠지게 한다.

　회사 내 신입으로 들어가면 많은 서류를 보고 정리하고 시킨 일 외에도 일을 업그레이드하기 위한 노력을 해야 한다. 회사 일에 대한 자기 계발 역시 필요하다. 평일에 시간이 부족하다면 주말이라도 해야 한다. 관련된 서적은 정말 많고 업무의 역량을 높이는 행위는 도움 없이 혼자서 가능할 때까지는….

　나중에 어떻게 되느냐. 어느 정도 시간이 지나면 직장 2년 차가 직장 5년 차보다 실력이 좋을 때도 있는데 실질적으로 대기업의 경우 나중에 회사 입사해도 먼저 승진하는 때도 종종 있다. 본인이 숨기고 있으니깐 모를 거라고 생각하지만 사실 같이 일했던 사람들은 다 알고 있는 부분이다. 소문은 금방 퍼지니깐….

　직장 5년 차는 겉으로는 멀쩡해 보이지만 그게 눈으로 보였을 때는 직장을 그만두거나 못 그만두는 사정으로 숨어서 울거나 하는 경우도 종종 보았다.

본인의 업무 평가는 스스로 업무에 대한 위치를 바라보면 남들이 인정해 주는 날이 올 것이다.

※ 역량을 늘리는 방법

- 본인이 하는 직무와 관련 있는 서적을 찾아서 습득한다.

  깊이 있게 이해하고 업무에 있어 잘 모르는 부분 역시 찾아야 한다. 계속 적고 읽고 그 직무의 전문가처럼 되어야 일을 이끌 수 있다. 아니면 일에 끌려 다니지 말았으면 한다. 일을 더 잘할 방법이 무엇인지 찾아야 한다.

  필자의 경우 책에서 나오는 좋은 글귀는 통째로 외우거나 안 되면 적어서 기록을 남기고 정리하는 기간을 가지면서 되새겨 본다.

- 운영 프로세스를 직접 만들어서 기초 역할을 할 수 있어야 한다.

  예시) 정보 수집 → 분석 → 계획 → 실행 → 결과 평가 → 피드백 →개선

  바로 위 예시는 나만의 법칙을 만든 것이다. 운영 프로세스에 대한 순서는 정답이 없다. 해당 직무에 맞는 형태로 탈바꿈하면 된다.

- 매일 업무 전에 해야 할 일을 가장 먼저 정리해서 빠짐이 없도록 하라.

  요즘은 평생직장이 없으므로 본인이 알아야 창업을 하든 프리랜서를 하든 할 것이다. 하루아침에 일어나는 기적 같은 것은 잊길 바란다.

평범한 삶은 어떤 기준인지

~

　흔히 가정에서 평범하게 살라는 말을 많이 듣고 산다. 특별하지도 못하지도 않은 어느 기준으로 보아도 애매한 경우이다. 평범하게 사는 것은 어쩌다 평균치로는 가능할지 몰라도 유지하는 것이 더 어려울 것이다. 삶의 기준은 세상이 돌변함에 따라 계속 바뀌는 중이다.

　의식주가 다 해결된다고 안심하는 시대가 아니다. 필자도 어릴 때는 우리 집이 평범한 집인 줄 알고 중상층 정도 못 살지도 않고 잘살지도 않고 남들 다 가는 대학교 다니고 등록금은 집에서 다 해결하고 평탄한 삶을 살았다. 그것이 평생 지속하는 줄 알았고 스스로 밥벌이를 하는 시기도 늦고 그렇다고 연봉도 비슷한 나이대 평균대에 속한다고 할 수 있다.

　아쉬운 게 없던 시절에 나약한 생각과 행동은 곧 머리에 박혀 버렸고 빼내는 데는 많은 고통이 수반되었다. 이것을 필자는 30대 후반에 깨우쳤다. 이 책을 보는 이들은 더 빨리 깨우쳤으면 한다.

　사회에 직접 나가 보니 무엇 하나 제대로 하는 게 없었고 그저 아무 생각 없이 묵묵히 시키는 일만 열심히 했던 거 같다. 밥벌이는 되는데 나 자신이 일의 업그레이드는 되는지, 생각의 깊이는 더욱 커졌는지, 앞으로 나아가야 하는 방향을 제대로 한 것인지…. 직장을 다니는 내내 의문점이 들었고 세상에 정답은 없지만 이를 찾기 위해 부지런히

독서를 했으며 내 것으로 만들기 위해서는 바로 목표에 다가갈 수 없으면 이루기 위한 보조 수단이라도 행해져야 목표 근처는 간다고 생각하며…. 처음부터 거창하게 하는 사람은 없다. 조그만 것을 크게 키우는 것이지, 그 생각을 가지지 않으면 실패가 한 번이라도 있으면 일어나기가 힘들 것이다. 실패한 사람도 수두룩하게 보았고 허황한 생각을 하는 사람도 여럿 보았다.

누구나 초기에는 열심히 하고 두 번째는 잘해야 한다. 두 번째도 열심히 하는 단어로 허용되지 않는 범위가 분명 인생에 생긴다. 연습하고 실행하고 실수의 오차를 줄이는 방향으로 하지 않으면 갈 수 없는 영역이라 할 수 있다. 어떤 방향으로 가는 것이 좋은 것인가는 각자의 숙제 같은 것이다.

도저히 내가 이 분야는 자신이 없으면 과감하게 거르자. 다른 길을 찾는 것 또한 나쁘지 않다. 좋아하는 것을 찾든지 성향을 찾든지 해야 한다. 평범한 삶을 찾지 말고 인생에 행복을 선사하는 올바른 삶을 찾길 바란다.

CHAPTER

02

본인에게 맞는 것은
대략 알고 계시나요?

여러 방면에서 자신을 바라보자

본인을 알아야 길을 찾는 것은 진리이다. 자신을 잘 아는 사람은 그렇게 없다. 말로 표현하기도 힘들고 인간은 여러 감정과 행동의 기질도 상황에 따라 다르다. 완벽하게 자신을 알라는 아니지만, 어느 계통인지는 대략 짐작해야 본인의 기질을 찾을 수 있다.

다양한 활동을 진지하게 해야 알 수 있으며 세상에는 여러 분야가 존재한다. 미지의 분야도 당연히 있고 시대 변화에 따라 80년~90년대는 공무원이 인기가 한창 좋았던 시대가 있다. 현재는 창조, 예술, 아이디어, 미디어 등 다양한 활동이 인기 직종이 되고 있고 가치가 높아지고 있는 것은 사실이다. 크게 직장 생활, 사업, 개인 장사 이렇게 나누어지고 개인별로 다양한 직업을 가진 이도 있으며 사람마다 다양한 거 같다.

본인을 파악하는 방법은 적성 검사, MBTI, 명리학, 취미, 특기, 학교 공부 등으로 성향을 알 수 있는데 가까운 이에게도 어떤 기질을 들을 수 있고 이상하게 이런 학문은 눈에 너무 잘 들어오는 게 있다. 다른 것은 흥미가 없는데 필자의 경우는 기질을 찾고 두 가지로 분류해서 활동하고 있다. 직장에서 일을 잘하기 위한 후천적 노력의 학문 그리고 선천적으로 가지고 있는 글쓰기, 예술+과학기술(유튜브) 활동을 하고 있다. 한 가지에 몰두하면 다 놓치지 않을까 하는 생각이 들더

라. 열정이 너무 과다하여 여러 가지를 하면서 분산시키는 중인데 이것 또한 나만의 방법이라고 할 수 있다. 선천적인 것은 예술성 문화생활을 좋아하고 주말마다 가서 안 보면 몸이 근질거린다는 느낌이랄까? 삶의 의미를 찾아가는 여행 같다는 생각으로 다닌다.

직장 생활을 오래 하면서 직장도 여러 번 옮겼던 기억이 난다. 대체적 이유는 흥미가 떨어져서 또는 다른 곳에 더 나은 것이 있나 하고보는 것이다. 그게 심해지면 자리를 제대로 못 잡는 불안정한 상태도 가끔 오긴 한다. 이것을 극복하기 위해서 다른 또 다른 것을 하면서분산시키는 행위를 하게 되었다. 직장도 오래 다니다 보니 일이 더 빨라지고 상황 판단 능력도 높아진 상태라 여유가 전혀 없지 않았다. 직장 다니는 일만 했다면 인생의 허무함에 또 직장을 옮겼을 것이다.

육십갑자(六十甲子)

갑자 甲子	을축 乙丑	병인 丙寅	정묘 丁卯	무진 戊辰	기사 己巳	경오 庚午	신미 辛未	임신 壬申	계유 癸酉
갑술 甲戌	을해 乙亥	병자 丙子	정축 丁丑	무인 戊寅	기묘 己卯	경진 庚辰	신사 辛巳	임오 壬午	계미 癸未
갑신 甲申	을유 乙酉	병술 丙戌	정해 丁亥	무자 戊子	기축 己丑	경인 庚寅	신묘 辛卯	임진 壬辰	계사 癸巳
갑오 甲午	을미 乙未	병신 丙申	정유 丁酉	무술 戊戌	기해 己亥	경자 庚子	신축 辛丑	임인 壬寅	계묘 癸卯
갑진 甲辰	을사 乙巳	병오 丙午	정미 丁未	무신 戊申	기유 己酉	경술 庚戌	신해 辛亥	임자 壬子	계축 癸丑
갑인 甲寅	을묘 乙卯	병진 丙辰	정사 丁巳	무오 戊午	기미 己未	경신 庚申	신유 辛酉	임술 壬戌	계해 癸亥

▶ 60갑자 일주

명리학적으로 자신의 분야를 찾는 방법이 있는데 필자의 경우 이것도 눈에 쉽게 들어와서 80%는 습득한 학문인데 사람의 생년, 월, 일, 시의 네 가지로 이루어진 사주에 음양오행의 원리를 적용하여 운명을 해석하는 학문이다. 난 이 학문을 어떤 관점으로 이해했냐면 오행, 즉 다섯 가지의 기운이 있는데 불, 물, 나무, 토, 흙 자연의 기초적 물질인데 사람마다 다 성분을 가지고 있고 이것으로 어떠한 길흉화복을 알 수 있다는 것이다. 가장 기초적인 것은 본인의 일주를 먼저 보는 것이다. 일주는 60가지로 있는데 본인의 계통을 알 수 있다.

• **사주 일부 보는 법**
  - 사주는 말 그대로 연월일시로 구분되는 4개의 기둥.

• **만세력으로 사주 일부 보는 방법**
  - 만세력 앱이나 신한은행 사주 운세 등.
  - 나의 태어난 년, 월, 일, 시를 각 칸에 적어 놓는다.
  - 의미가 두 가지
    태어난 일은 본인을 나타내며 시는 자식, 월은 부모, 년은 조상을 뜻한다.
    인생 전체의 흐름이다.

시주	일주	월주	연주
말년	중년	청년, 여성	소년·소녀
~이후	~45세쯤	~30세쯤	~15세쯤

요즘은 일주만 알아도 다양하게 명리학 관련 사이트나 유튜브에 잘 명시되어 있으니 여러 가지를 보면서 본인의 성향을 찾아 나가면 된다.

명리학계에서는 있어야 하는 글자와 아닌 글자가 있고 이에 길흉이 달라지고 부한 것과 귀한 것을 나누고 년과 월에 대운, 시운의 글자를 보고 판단하기도 한다. 너무 깊게 들어가면 어렵게 다가오므로 깊게 들어가진 않겠다.

위에 명리학에서 말하는 십신이라는 글자가 있는데 정재, 편재, 정관, 편관, 정인, 편인, 비견, 겁재, 식신, 상관이라는 글자가 있다. 본인의 일주가 십신의 어디에 속하는지 기질을 알 수 있는데 여기에 따라 특성이 나온다.

정재는 정직하게 버는 돈(일정한 수입).

편재는 일정하지 않은 돈(이번 달은 100만 원, 다음 달은 200만 원, 이런 식).

정관은 직장 생활의 관(높은 직책, 직장 일 능력 높음).

편관은 사업자와 프리랜서(시간 제약이 없고 본인이 직접 활동하는 일).

정인은 교육과 학문(올바른 학문-학교 정규 공부 잘함).

편인은 한쪽으로 치우친 학문(예술, 과학기술, 독창성, 아이디어 분야 잘함).

비견은 자아가 강함, 쟁탈 행위.

겁재는 타인의 재물을 가지거나 본인의 재물을 잃거나 불화, 억지 행위.

식신은 식복(먹을 복).

상관은 학자, 발명, 창작(상관이 있으면 직장 생활은 어려움).

다음은 일주별 성격 및 맞는 직업에 대해 말하고자 한다.

아래 표는 성향이라 지금 당장 그 직업으로 뛰쳐나가라는 것이 아니라 추후 방향을 잡으면 인생의 맥락을 짚어 나가길 바란다. 성향에 맞는 직업이며 참고하여 선천적으로 가지고 있는 능력 발휘를 하여 본인의 가치를 높이기 바란다.

- **일주별 성향 및 직업**

갑자일주 – 조직 생활 융화가 안 됨, 공부는 잘함(상위권).

이성주의, 이성으로 인한 공부 중단.

재물을 만들고 돈 버는 능력은 있지만 돈을 관리하는 능력이 부족.

자격증 취득 후 전문직으로 가야 함.

갑술일주 – 한 단계씩 오르는 방식 추구해야 함.

언어 논리력으로 설득 및 처세술이 좋음.

상대방에 대한 책임 전가 및 원망 조심 및 인내심 및 자기 계발 필요.

조직 생활, 직장운과는 거리가 먼 일주.

활인업(종교, 교육, 군 · 검 · 경, 의료 · 의약, 보험).

특수한 직업(음악, 미술, 예능 분야 소질).

음식 솜씨가 뛰어나 요식업으로 성공.

갑신일주 - 성격이 급하고 고집과 자존심으로 쉽게 갈 수 있는 길도 어렵게 감(정석, 바른길을 걸으려는 성향이 강하기 때문).

큰 재물을 모았다가도 주변의 조건 때문에 지출이 많음, 잦은 이직.

개인 사업을 한다면 반드시 아내나 믿을 수 있는 다른 사람에게 돈을 맡겨라.

조언을 듣고 신중하게 결정을 내리고 중도에 포기하지 않고 인내를 가지고 꾸준히 한다면 성공함.

노동 운동, 시민운동, 정치권에서 두각을 나타내는 경우 많음.

갑오일주 - 경쟁심과 승부욕이 강하며 조직, 직장 생활이 안 맞음.

말조심, 감정 조절 조심(문제 발생 시 여러 번 생각이 필요).

개인 사업이나 장사로 성공.

뛰어난 머리와 화술로 광고, 홍보, 연애, 방송, 미디어 등의 전문 자격증을 가지고 전문직으로 나가 성공하며 한 분야에 특출한 재능을 가진 사람들이 많고 수재들이 많은 일주.

갑진일주 - 백호살, 재물 성취 유리.

자신의 감정만 잘 다스려도 사회에서 성공하는 게 유리한 일주.

재물로 흥하거나 돈 때문에 살을 맞거나 둘 중 하나.

부동산으로 재산을 축적하는 사람이 많음.

전문 자격증을 따서 전문직으로 성공.

직장 생활보다는 개인 사업, 장사 쪽이 맞음.

갑인일주 - 개성이 뚜렷하고 자존심 상하는 건 못 참음, 고란살(부부 해로 어려움).

직장 생활을 하기 힘듦.

일을 할 때 파죽지세로 밀어붙여 많은 업무를 짧은 시간에 해냄.

추진력이나 결단력이 뛰어남.

공격적인 성격만 차분한 성향으로 바뀐다면 직장, 사업 가능.

을축일주 - 눈앞의 이익보다 법과 원칙을 중시하고 돈보다 명예를 소중히 여기는 사람.

원칙주의자, 근검절약.

뒤에서 묵묵히 자기 일을 하는 인내심이 강한 노력하는 형.

땅을 가깝게 해야 가정과 건강이 안정(축의 글자).

군 · 검 · 경, 세무, 보안, 보험 등 직업에 출세.

고위직에 오르거나 경제적 부유 많음.

을해일주 - 사건, 사고로 죽을 고비 넘기는 경우 많음(건강관리에 신경), 보험 필수.

학교 성적은 최상위권이거나 하위권인 극단적 형태.

사업이나 장사운이 불리.

전문직 또는 직장 생활을 해야 함.

동업은 절대 안 되며 보증을 서거나 투자로 힘들게 모은 재산을 한 방에 날려 버리기 쉽고 돈을 빌려주면 안 됨(절대 못 받음).

을유일주 - 본인의 예민한 성격(부부 다툼, 상사와의 마찰).

직장 생활을 오래 못함.

의료계나 군·검·경 혹은 재봉사나 요리사도 잘 맞으며 실력 있는 미용사 많음.

칼을 쓰는 적성에 잘 맞고 성공을 거두는 사람이 많음.

돈 버는 능력은 있지만 돈을 지키고 관리하는 능력은 떨어짐.

돈을 벌면 반드시 저축하는 습관을 가져야 함.

책을 본다든지 기도 수양, 공부를 하면 많은 도움이 됨.

을미일주 - 백호살, 자기 잘난 맛에 자유분방하며 구속을 싫어한다 (역마살).

땀 흘려 노력해야 함.

직장, 전문직으로 조직 관리 잘함, 사회의 지도자, 리더.

종교, 철학에 관심이 많음.

종교 지도자나 기업의 대표, 정치인이 많음.

을사일주 - 사춘기 때 몸가짐, 이성 관계 주의.

연애는 많이 하지만 결혼으로 이어지지 않아 늦게 결혼.

특히 비를 좋아하고, 물을 많이 마시면 건강에 좋음.

직장 생활을 잘하며 능력을 인정받지만 동료와 마찰이 있고 자유분방한 성격으로 구속을 싫어하므로 결국 직장을 나옴.

승무원이나 항공 서비스직, 방송국, 언론사 등 사람을 상대하는 직업이 맞음.

똑똑하여 공부를 잘하고 한 분야 열심히 노력하여 성공.

을묘일주 - 고집이 아주 세고 생활력이 강하고, 강인함과 인내력을 소유.

대체적으로 자주 이사를 다니고 기운이 맑고 순수하지만 외고집으로 독불장군이 많고 고집 때문에 자기 발등을 찍는 일이 허다하다.

가까운 사람에게 배신을 잘 당하고 실컷 힘들게 한 일을 동료나 경쟁자가 가로채는 일을 당한다.

바깥바람 자주 쐬고 여행(역마살), 공부로 성공은 어려우며 직장 생활이 맞고 인내해야 한다.

병인일주 - 다혈질이지만 이타적으로 정이 많고 잘 베풂, 착한 사람이 많음.

오지랖이 심해 다 퍼 줘서 문제 발생.

부부 다정, 서로 아끼고 위하는 잉꼬부부가 많음.

개인 사업보다는 직장 생활이 잘 맞음.

병자일주 – 이성 문제, 자기 관리를 잘 해야 함.

무슨 일을 하든 철저하게 계획을 세우고 인내심을 가지고 참고 견뎌야 결실을 봄.

아주 잘되거나 아니면 아예 못되거나 둘 중 하나의 인생.

투잡, 쓰리잡 가지는 경우와 문화, 예술 분야에서 활약하는 사람이 많음.

독립적이고 자율적인 직업이 아니면 직장 생활의 변동이 심함.

아이디어나 지식을 활용하는 일, 기획, 창작에 재능이 있음.

병술일주 – 백호살, 감정의 변화가 큰 사람, 감정을 다스리지 못하면 자기 발등을 찍는 경우 발생, 자존심과 고집 강함(욱하는 급한 성격을 고쳐야 한다).

성실함으로 자수성가, 사업을 하면 큰 사업을 하며 돈을 벌어도 크게 벌고 잃어도 크게 잃는다.

직업으로는 군 · 검 · 경, 병원, 종교, 시설 관련업이 좋음.

병신일주 – 정열적, 다혈질, 역마살, 젊은 시절 자기 관리 중요.

활동적이고 이사도 자주 다님, 결혼하고부터 돈이 모인다.

부부 여행 추천, 본인 스스로 노력해야 성과로 다 가져갈 수 있다.

직장 생활을 잘함, 군 · 검 · 경은 고위직, 의약업에서 명의가 많다.

병오일주 – 자존심 상하는 것은 못 참음, 감정 조절이 관건, 친구와 돈거래를 하면 안 됨.

공무원이나 군 · 검 · 경 출세, 의료계나 종교계에서 재능을 펼친다.

여성은 간호, 보험설계사, 미용사 종사자가 많다.

열심히 일한다면 돈을 모아 부자가 되고 가정도 화목.

위와 같은 직종이 아니라면 독립적으로 일하는 전문직이나 자영업이 낫다(일반적인 직장 생활은 안 맞음).

병진일주 – 부지런하고 희생, 봉사 정신이 강하고 이에 오지랖이 넓어 남의 일에 너무 참견.

급한 성격, 벼는 익을수록 고개를 숙인다는 말이 인생의 조언.

일 중독(직장과 일에 빠져 사는 삶).

개인 장사, 사업보다는 열심히 공부해서 전문직이나 직장 생활에서 능력을 더 잘 발휘.

반면 장사나 사업을 한다면 전문 자격증을 필요로 하는 분야에서 성공.

정묘일주 – 역마살, 이사를 자주 다니게 되며 남들보다 일찍 부모님으로부터 자립.

반드시 보험을 들어 놓을 것, 저축하는 습관(즉흥적이고 충동적인 소비를 잘 함).

남성은 바람기 조심, 여성은 시모와의 관계 조심.

장사보다는 직장 생활이 잘 맞음.

늦게까지라도 공부를 마친다.

정축일주 – 백호살(고집이 세다), 돈에 대한 집착이 많음.

건강 조심(보험으로 대비), 머리가 좋아 수재가 많으며 부자도 많음.

한 번에 큰돈을 벌려는 투기성을 보여서 한 방에 벌기도 한방에 잃

기도 하며 롤러코스터 같은 인생을 살게 된다.

사업으로는 성공하기 힘들며 직장 생활이 유리.

자격증 활용하여 전문 직종에 종사하면 유리(의사, 약사, 부동산 쪽).

가능한 종교 생활을 하는 것과 주기적 봉사 활동 추천.

정해일주 – 천을귀인(어려움이 닥쳐도 귀인의 도움)으로 구사일생으로 산다.

잘 놀라는 기질, 돈은 잘 벌어도 돈 관리는 못함(믿을 만한 타인에게 맡겨라).

원칙과 법을 잘 지키면서 융통성이 있고 변화 추구.

직장에서 성실 근무 및 재능 발휘, 부동산 부자가 많음(개인적인 이기

심보다 조직의 이익을 우선하는 성향).

정유일주 – 직장 생활, 장사나 사업 수완이 좋다.

이성, 배우자 문제로 삶의 기복이 심하게 나타남.

다양한 분야의 지적 호기심이 강해 박학다식.

재주를 믿고 남을 불신하는 단점(항상 겸손의 태도 유지).

언변이 좋고 창조력이 좋음.

정미일주 – 똑똑하고 능력이 있지만 오만, 매우 급하고 불같은 성격.

표현 방식에 있어서 적극성이 다소 부족.

기본 성향은 개인 사업에 잘 맞음, 직장 생활 무난함.

전문 자격 사업에 종사하면 좋음(변호사, 의사, 기술자, 회계사 등).

정사일주 – 외유내강(조용한 카리스마), 다방면으로 재능 있음.

주의 사항: 말실수 및 성격 조절 주의.

직장 생활은 오래 견디지 못함.

사업을 하거나 다른 사람의 간섭을 받지 않는 직업, 2인자의 역할의 가장 좋음.

남을 돕는 것도 좋지만 너무 과하게 사용되지 않도록 주의(돈 빌려주기 주의).

무진일주 – 성격이 강하고 고집이 세지만 책임감 있음, 돈 관리 부실.

일반 회사보다는 독립적으로 일하는 기술직, 전문직이 더 맞음.

무조건 공부하는 방향으로 해야 하며 공부 시기 놓치면 자격증이라도 공부해야 함.

돈 관리가 안 되어서 장사, 사업보다는 전문 직종 직장 생활을 해야 함(정기적으로 받는 돈).

무인일주 – 스스로 감정 조절 못 함, 평소에 잘 베풂.

담력은 있지만 속으로는 굉장히 겁이 많은 편에 속함.

동업을 하면 반드시 필패하며 보증, 돈을 빌려주면 떼이는 일이 많다.

동료나 친구를 믿었다가 뒤통수 맞고 배신당함.

군·검·경, 의약, 병원, 교육업, 일반 공무원, 사무직이 잘 맞음.

무자일주 - 머리가 비상하며 공부 잘함(창작, 아이디어 부분).

직장 생활 열심히 하지만 한 직장에서 정년은 힘듦.

돈을 벌면 저축을 생활화할 것, 투자, 계약 때도 돌다리 두들겨서

사기나 배신 방지.

자신만의 아이템이나 기술로 승부하면 성공함.

무술일주 - 언행이 거칠고 독불장군에 고집이 세며 직설적인 능력.

나 잘난 맛에 사는 사람.

타협의 여지가 없음, 그래서 고생을 사서 함.

무례하고 권위적이며 오만한 모습.

사업보다는 직장 생활 맞음(전문 분야, 예능).

재물보다는 명예 쪽 선택.

무신일주 - 남녀 모두 결혼운으로 불리(고란살).

학원업을 하거나 교사가 많으며 전공 분야에서 활약.

스케일이 커서 대학 병원, 대기업, 국가기관 등에 소속.

어느 정도 직위를 가진 사람들과 친분을 쌓거나 돈을 적게 벌더라

도 하고 싶은 대로 자유롭게 일해야 하는 사람임.

자유롭지 못한 직장 생활은 안 됨, 사업, 장사 쪽 가능.

무오일주 – 구속을 싫어하는 습성, 힘과 정열을 어떻게 쓰고 풀 것이냐가 관건.

직장 생활보다는 개인 사업이나 장사, 무엇인가 만들고 창작하는 기운, 예술성도 높음.

성격이 단순하고 저돌적이며 직설적인 말투(고집쟁이, 폭력적인 모습).

술을 조심(주변 사람들과 자주 다투게 됨), 돈과 시간 낭비 주의, 공부와는 잘 안됨.

기사일주 – 역마살에 강함, 교통사고 조심, 보험 필수.

대단한 집념과 자존심의 소유자, 계산이 빠르고 상황 판단에 따라 빠르게 행동.

일 중독에 빠질 정도로 일에 몰입.

공부로 성공하는 스타일, 결혼은 늦게 하는 것이 좋음.

기본적인 인품과 지성, 품위가 있다.

기묘일주 – 역마살, 신경 예민, 이성 문제.

자율적인 직업이 아니면 직장 오래 다니기 힘듦.

여행, 공원 운동 등 역마 대체 필요.

화해가 불가능해 한번 아니면 두 번 다시는 얼굴도 안 보는 성격의 소유자.

주도적으로 일을 추진하기 어렵고 주변 사람들의 영향을 많이 받아서 대리점이나 하청 사업을 진행하는 것이 낫다.

기축일주 - 근면 성실로 자수성가.

고집이 세고, 부지런하며 답답한 면도 있음.

직장, 개인 사업이든 성실함과 재능으로 성공.

일확천금을 노리거나 편법으로 돈을 벌려고 하면 망하거나 건강 악화.

허황된 잔머리 굴리지 말고 법을 지키고 적당히 베풀어야 함.

늘 책을 가까이하고 공부하면 좋다.

기해일주 - 고지식하고 이기적이며 보수적, 체면 중시.

형제덕, 친구덕이 없어서 외로운 시간 많이 보냄, 자식덕은 있음.

재복이 있어 많이 돈 관리 주의(보증, 사기 등).

직장 생활이 잘 맞음, 보수적 성격.

공무원, 사법계통 진출 시 크게 성공함.

기유일주 - "어머니 말을 잘 듣자." 명심.

노력과 봉사가 탁월, 비밀이 없음(항상 말조심), 실속이 부족.

사회생활 잘하나 가정 중시할 것, 외유내강.

직장 생활 가운데 틈틈이 자격증 공부하여 재물이 높아짐.

내근보다는 외근을 자주 하는 일이 적성에 맞음.

일은 잘하나 승진이 잘 안됨(상사와의 불화), 아래로는 온정을 베풂.

기미일주 - 돈보다는 명예 쪽에 관심이 많다.

고집이 세고 우월감으로 직장 생활 오래 못 함, 술 조심.

전문 자격증 소지: 사로 붙은 직업, 공직으로 나가야 함.

동업은 절대 안 되며 가까운 사람에게 배신당할 수 있음.

경오일주 – 청결, 정리 정돈 잘함.

고지식한 면이 있는 원칙주의자.

정신적인 문제 조심, 큰돈을 벌려는 성향(돈의 기복이 심함).

영감이 발달, 촉이 뛰어나고 어떤 배우자를 만나는지에 따라 인생이 바뀜.

직장 생활, 조직 생활 잘 맞음(투잡).

사업으로는 납품, 대리점, 용역 사업 형태가 맞음.

경진일주 – 괴강살(화가 나면 자기 성질로 자기 발등을 찍는 사람).

모 아니면 도의 인생, 의리가 있고 매사에 밀어붙이는 힘이 좋음.

굽히는 유연성이 필요.

여성을 상대로 하는 기획이나 사업이 맞음, 직장 생활도 잘함.

경인일주 – 추진력과 리더십이 뛰어나고 성격이 급하여 자존심이 세다.

고집과 오만함으로 스스로 자멸, 계획 없이 소비 및 투자로 돈 날리거나 사기수.

형제 및 친구복 없음, 저축하는 습관을 가질 것.

참고 기다리는 인내와 겸손해야 성공하는 일주.

직장 생활이 잘 맞음(특히 해외 비중), 사업도 잘함.

경자일주 – 한 가지 분야에 천재적인 재능(언변이 좋음).

결벽증 주의(우울증, 공황 장애).

자유분방한 직업 및 전문 자격증을 취득.

전문적 계통: 외근직이 적성에 맞음.

창작이나 아이디어 활용, 문화 예술 분야 특출함.

경술일주 – 고집, 자존심 세고 권위적이며 오만함.

돈 욕심으로 돈을 날릴 수 있음, 외모에 신경을 많이 씀.

포기하지 말고 꾸준히 노력.

직장 생활(군 · 검 · 경, 교육자)로 나아가면 성공.

경신일주 – 성격이 단순하고 직설적, 속마음을 숨기지 못해 거짓말을 하지 못함.

우정 중시, 기존의 것을 뒤집어엎고 개혁하려는 성질이 강해 스스로 고난의 길을 자처.

돈 관리를 못함(돈 관리로 성공 여부 결정).

사주 내 갑(甲), 인(寅)이 있으면 사업, 화(火)의 기운이 강하면 직장 생활이 좋음.

신미일주 – 성격이 까칠함, 눈치가 빠르고 사람을 꿰뚫어 보는 능력.

사회생활을 하더라도 책을 가까이해야 함.

전문직, 직장 생활이 맞음(고위직).

보험은 필수, 언행 조심(자주 이사 다님).

결혼을 하고 나서 경제적인 여유가 생김.

법을 지키면서 돈을 벌어야 장수하는 길(경매, 사채, 대부업 안 됨).

신사일주 – 원리, 원칙 중요시하고 체면과 명분 우선.

점잖고 예의 바르며 언행이 타의 모범이 됨.

고지식, 융통성이 없음.

직장 생활이 맞음.

주변의 말만 믿고 투자, 창업은 절대 하면 안 됨, 돈 욕심으로 오히려 궁핍해짐.

신묘일주 – 엉뚱한 말과 행동을 잘 하고 예측 불허의 사건과 인생을 사는 사람으로 기발한 아이디어, 생각지도 못한 일을 해냄.

귀가 얇고 성격이 급해, 신중히 판단하지 않고 결정적 실수가 잦고 마음의 변화가 심함.

남성은 돈 관리가 안 됨, 이성 문제.

여성은 시모와 적당한 거리를 두고 살 것(고부 갈등).

직장 생활은 이동이 많고 사업을 할 경우 운송업, 무역, 관광업 같은 역마성을 활용하는 일을 해야 함.

인내가 필요, 말조심, 생각 조심.

신축일주 – 고집이 세고 마음 수양 필요(종교 생활이 좋음).

공부로 성공(만학도가 많음).

자수성가, 우직하게 일함(종교 생활이 좋음).

직장 생활이면 사무직이 맞으며 직장보다는 장사, 사업이 더 잘 맞음.

신해일주 – 자기 관리 필요, 돈 욕심 조심.

직장 생활은 안 됨, 직장 생활을 하려면 현장에서 직접 발로 뛰는 직업이 나음.

개인 사업, 장사, 전문직, 교육직으로 성공.

사주 구성 내 화(火)의 기운이 있으면 부귀 사주.

신유일주 – 고집이 세고 자존심이 강해서 욱하는 성질.

쉬운 길을 두고 어려운 길을 감.

스스로 감정 조절이 필요, 말조심.

직장 생활이 좋음(사업은 안 됨).

동업은 절대 하면 안 됨(형제, 친구와 돈거래).

공과 사를 구분해 사람을 시킬 것.

자수성가, 적금, 저축이 가장 좋음.

임신일주 – 상황 판단 능력이 뛰어남, 완벽주의적 기질.

불같은 성미, 고집이 강함(냉철, 이기적인 면).

문화, 예술적인 재능이 뛰어남.

직장 생활, 사업이 잘됨.

배우는 것을 좋아하고 잘 습득.

다방면에 재주 많음.

임오일주 – 외유내강, 재물복은 있으나 사람복이 없음.

사차원적의 말과 행동, 창작력이 뛰어남.

낙천적이며 자기 과시 성향.

인내심과 이성 문제만 주의하면 성공.

예술, 보석, 의상, 미술, 연예인 계통이 맞음.

사업, 직장 생활도 좋음.

임진일주 – 고집과 자존심이 세다. 안정 지향적, 보수적.

말주변이 좋다. 말, 손 조심.

군 · 검 · 경이나 의약, 종교, 전문적인 직업이 맞음.

중년이라도 자격증 공부로 성공.

본인의 능력을 엉뚱하게 사용하면 경제적 파탄이 나거나 관재수 있음.

중년이라도 자격증 공부로 성공하며 차곡차곡 재산을 불리고 외도 시 재성이 깨지고 재산을 날리거나 건강이 나빠짐.

차곡차곡 재산을 불리고 한 방에 큰돈은 안 됨.

보수적으로 판단하면서 돈 관리 필요.

임인일주 – 희생정신과 봉사 정신이 있음.

낙천적, 계산이 빠르고 행동이 민첩, 일 처리 뛰어남, 역마살(여행으로 대체).

외유내강, 감정의 기복 조심.

성인이 되면 부모와 떨어져 사는 것이 좋음.

급한 마음을 내려놓고 천천히 시작하라.

참모 형태, 아르바이트 형식 외 직장 생활 안 됨(멘토가 있어야 함).

사업이랑 맞음.

임자일주 – 속이 깊고 과묵한 사람, 양보하고 타협이 안 됨.

돈 관리 주의, 감정 조절 주의.

논리 정연하고 통솔력, 포용력이 있다.

화를 내면 절제가 안 됨.

경쟁상의 무리하는 태도.

직장 생활이 맞음, 사업은 안 맞음(만약 사업을 한다면 시뮬레이션 꼭 할 것).

사업한다면 식품 가공, 교육, 소개업 등이 어울림

일을 벌이는 것에 비해 실속 부족 주의.

임술일주 – 뛰어난 영감과 발상, 자기 직관적 통찰로 자만 조심.

돈 앞에서 체면과 양심을 버림.

완전 실속형 사주.

사주 내 화, 금이 있다면 직장 생활.

사주 내 목, 수의 기운이 강하면 개인적 사업.

법에 어긋나거나 남을 속이거나 아픔을 이용해 돈 버는 일을 하면 안 됨.

인성을 우선시해야 함 아니면 폭망함(중간이 없음).

계유일주 – 역마살이 강함(바람둥이 기질).

기억력이 좋음.

여행을 가고 이사를 다닐 때마다 건강해지고 일도 잘 풀림.

이성 문제, 결벽증 주의.

한번 원한을 사면 갚고야 마는 집념이 큼.

남성은 마마보이 기질로 인한 고부 갈등 조심.

여성은 유산, 낙태를 겪거나 자녀와 떨어져 지냄.

적당히 베풀고 사는 것이 돈과 건강을 챙기는 길.

부동산, 무역, 운송업이 적성에 맞음(독창적이거나 단가가 높은 전문적인 일).

계미일주 – 부지런하고 근검절약의 성격.

식복이 좋음, 역마살(일하는 곳에서만 역마살 있음).

자수성가, 직장 생활이 맞음.

저축해서 중년 이후 큰 재산을 이룸.

연애결혼을 하여 혼전 임신이 많음.

일반 직장이 맞음, 사업을 할 경우 많은 실패 이후에 성공이 찾아옴.

유아, 아동에 관한 교육, 교수, 선생님, 의사, 간호사가 맞음.

계사일주 – 까칠한 성미지만 착하고 바른 사람이 많음.

일머리가 좋음(공부, 돈 계산도 잘함).

현실 감각이 강하고 실리를 챙기려는 성향이 강함.

자기중심적이고 계산적인 성향이 강함.

사기를 당하고 투자에 실패할 가능성이 큼(말을 곧이곧대로 믿어서).

직장 생활이 맞음.

계묘일주 – 밝고 순수하고 착한 사람, 오지랖이 넓음, 역마살 있음.

일이 바쁘다고 생각될 때는 여행이나 가까운 산이라도 갔다 오면 풀림.

소심하고 결단력이 약하니 사업이나 자영업은 맞지 않음.

눈썰미가 좋고 영감이 뛰어나서 기획, 아이디어 쪽이 우수하며 재주를 이용한 예능이나 기술, 기능, 요식업, 교육직이 잘 맞음.

계축일주 – 부동산과 인연이 많음.

약자에 대한 배려가 부족할 수 있어 겸손해지도록 스스로 성찰 필요.

동업은 필패(가까운 친구, 형제와 돈거래를 하면 안 됨).

공과 사를 분명히 할 것.

사업보다는 전문직이나 직장 생활이 맞음.

사업을 한다면 학생을 대상으로 하는 교육 관련 사업과 사람을 연결해 주는 중개 등의 분야와 적성이 맞음.

욕심의 수위를 낮추는 것이 필요, 전형적인 사고를 지님.

계해일주 – 다재다능하고 시작과 끝이 한결같은 사람.

성품이 온화하고 다정다감.

일찍 자립하여 이사나 이직을 자주 함.

직장 생활보다는 사업이나 장사가 잘 맞음.

진로를 확실하게 정하여 본인 전공 분야에서 성공.

'이러한 성향을 내가 가지고 있구나.'라고 생각하고 거기에 맞는 것을 인생 계획을 잡는데 수월하게 풀어가지 않을까 싶다.

처음에는 혈액형, 두 번째는 MBTI 분석으로 되다가 나중에는 명리학 내 일주론으로 사람마다의 성향을 풀어 가는 방식으로 될 것임을 예상한다. 이날은 곧 오지 않을까 한다.

그렇게 생각하는 근거 자료는 사람마다 성향, 능력치 다 다른 것을 좀 더 세분화하고 풀어 나가기 때문이다. 현재까지 본 것 중에 명리학만큼 가장 근접했던 거는 없었던 거 같다.

누구든 바로 본인이 목표한 무엇이 된다는 보장이 없다. 중요한 것이 현실에 맞아야 하는 게 기본이지 않나 싶다. 현재 처한 상황과 본인의 성향을 연결시키는 것도 중요하며 일에는 순서가 뒤바뀌면 일진행이 힘들어지듯이 인생도 순서가 중요하다. 과정을 넘어가면 결실은 운 좋게 올 수 있어도 한순간에 무너진다.

  평상시에 자신의 인생에 대해 신중하게 생각해야 한다. 모르면 그 분야의 책을 다 읽으며 메모하고 간접적으로 익혀서라도 알아야 한다. 책을 보는 것 중에 그 내용이 다 옳다 이런 시각보다는 본인이 생각을 하고 현실에 적용할 수 있는 게 중요하며 판단력을 높임으로써 삶의 방향을 더 잘 찾아갈 수 있다. 그런 행위가 없으면 기회가 찾아오는 것을 판단하지도 못할 때가 생긴다.

자신을 아는 것은 어렵다

여러 방면으로 자신을 보아도 가는 길이 일직선 인생도 있지만 곡선 인생일 때도 있다. 이미 교육과정이 19살까지는(고등학교 졸업 시기) 정해져 있고 사회에 대해 잘 모르는 상태에서 진출을 하느냐, 아니면 대학을 진학하는 문제 등 여러 가지 일들을 상황에 맞게 결정해야 하는데 본인의 성향조차 사회 경험 없이는 본인이 완전히 알기도 어렵다. 이유는 타인과의 대화나 행동에서는 타인을 직접적, 간접적으로 느껴지는데 본인이 자신에게 피해나 영향을 어떻게 끼치는지 단순하게 생각하기 때문이다. 자신을 안다는 것은 '여러 실패와 해결'에 대해 경험해야 하는데 처음에는 어떻게 넘어갔는데 다음 단계의 어느 시점에 부딪히고 성장하는 과정이 없기 때문에 알 수 없는 것이다.

자신에 대해 알려면 많은 경험과 흥미를 지속적으로 가지면서 영역 확대 및 삶의 깊이를 파고드는 수밖에 없다. 그러다 보면 평상시 조그만 계획을 세우고 실행해 나가면서 파악하는 수밖에 없다.

필자는 안 풀리는 경우는 거의 서점에서 책을 보고 구입하고 집중적으로 볼 때는 조용한 커피숍에서 보기도 한다. 그럴 때면 해결책이 보이고 해야 할 일을 정리하는 습관을 가지면서 큰 계획보다는 조금만 계획을 세워 실행하는 것이 낫다. 조그만 계획의 실행들이 큰 계획의 실행이 될 테니깐.

· **동기부여의 말**

- 본인을 알아야 인생의 길을 헤매지 않는다.

- 인생을 혼자 개척해 나갈 때가 분명히 있다. 준비가 되어야 좌절
  하지 않는다.

- 모든 일이 처음부터 잘 되는 것은 없다. 많이 해야 숙련이 된다.

늦었다는 기준은 없는데
사회를 늦게 알수록 삶이 힘들어

인간의 수명을 100세 시대라고 해고 막상 길게 보았을 때, 40~60대까지 인생의 행복을 결정짓는 순간이라고 해도 과언이 아니다.

일반적인 나이 먹는 일반적인 과정이다.

구분	일반적으로 고등학교까지는 졸업			선택			
	의무교육		고등교육	전문과정교육	남성 의무	대학원	
	초등학교 6년	중학교 3학년	고등학교 3년	대학(2년, 3년), 대학교(4년)	군대	석사	박사
나이	6세 ~ 12세	13세 ~15세	16세 ~ 19세	20세 ~ 23세	24세	1년 6개월	2년	3년
	기본적인 학습, 교육			사회 생활 20살부터 가능			

말하고 싶은 것은 20살 때까지 길을 찾기가 힘들다. 무엇이든 열심히 해야 알 수 있을까 말까다. 선택이라고 되어 있는 것은 개인 성향에 맞으며 일반적으로 남성의 경우는 군대 졸업하고 대학교 나오면 26살이고, 여성은 24살이 된다.

사회에 바로 진출하면 좋겠지만 시간이 지나면 진로가 조금만 틀어지고 바로 취직이 되면 좋겠지만 경력자들이 많으며 자체 경쟁도 있고 이것저것 해 보려다가 2년이라는 시간은 금방 지나고 일을 시작하면 아무것도 모르는 상태에서 시작하기에 실수투성이고 열심히 해도 모든 것이 힘든 시기이다. 이런 시기가 30살 때까지는 지속적으로 그렇다. 진로가 틀어지는 이유는 본인에 대해 잘 모르며 앞으로 내가 어떤 진로를 찾아서 방향을 잡아 가는 것이 늦은 만큼 시간이 흘러가며 나이를 먹는다.

사회생활의 시작이 늦을 수 있지만 준비가 완벽한 상태에서 사회 진출이라는 것은 없다. 종합적으로 많이 경험했던 것을 하여 일을 전문적으로 키워 나가야 하며 일을 하면서도 장단점을 고려하여 추가적으로 하나씩 늘려 보는 것이 좋은데 30대 중반까지 실력을 갖추지 못하면 그 이후로는 늦어진다고 할 수 있다.

사회 공부는 따로 학교 공부랑 별개로 있으며 몸소 실천하는 경우가 가장 알기 쉽고 본인 일에 대해서도 업무적인 일을 더 효율적으로 더 전문적으로 잘할 수 있을까에 대해 생각을 하고 그 분야의 서적을 읽고 노트 필기를 하면서 배워 나가야 한다. 그러한 시기는 당시 때는 잘 모르지만 그게 쌓이면 타인이 넘볼 수 없는 곳까지 간다.

지금도 일주일에 한 번은 꼭 시행하고 있고 바인더 교육을 하고 나서는 틈만 나면 나중에도 쓸모 있다고 생각되는 것은 필기한다. 시간이 흘러가는 대로 하루를 그냥 보내고 보고만 있으면 안 된다는 소리다.

현재는 높은 수준의 대학 또는 대학교에 진학하더라도 취직이 어렵고 실질적인 실력을 많이 보는 사회 문화가 있고 왜 이걸 해야 하는지 목적과 이유가 분명하지 않으면 본인과 맞지 않는 것을 행한다면 모든 것이 늦어질 것이다. 어느 정도 나이를 먹으면 그 누구도 본인의 인생을 책임져 주지 않는다. 성인이 되면 모든 책임은 본인한테 있다.

사회의 진출을 늦추지 마라. 진출을 늦게 하는 사람은 그만큼 인생이 힘들어진다. 예시로 공무원 시험이 있다. 최대 2년까지만 가능하다는 것을 알아야 한다. 더 했을 때 몸과 마음만 지치며 본인과 안 맞는다고 알아야 한다. 그리고 심사숙고를 한 후 방향 전환을 해야 한다. 사회에 진출하는 시기와 일에 대해 전문화가 되는 시기는 그만큼 중요하다. 사회적 능력은 점점 할수록 경험도 중요하지만 실전에서 많은 것을 접할수록 실력이 향상될 수밖에 없다.

CHAPTER

03

마음가짐을
다시 잡아라

좋은 게 좋은 게 아니다

직장 생활을 하면서 많이 들었던 말 중 하나이다.

이 말은 상황에 따라 다 같은 판단력을 가지고 하면 안 된다는 말이다. 이전과 비슷한 상황이라도 목표를 쟁취하여야 함과 통합 시스템으로 만들 때 감정을 배제해야 하는데 감정이 들어가면 이룰 수 없으며 성취를 못 하기에 발전도 없을 것이다.

결론은 본인의 목표를 이루기 위해 회피하지 말고 맞서 싸워야 한다는 말이다. 일반적으로 중후반이 되면 느끼는 것으로 편해지고자 피하면 안 된다. 맞서 싸울 때는 타당한 목적과 이유를 내세워 합리적으로 깊게 생각해야 한다. 이 말의 의미를 느끼지 못한다면 아직 사회 초년생이거나 미숙하다는 것이다. 일을 처리할 때나 평상시에 머리는 냉철하게 가슴은 뜨겁게 움직이는 버릇을 해야 한다. 그래야 가고자 하는 방향의 문으로 들어간다.

상대방도 같은 목표를 쟁취하고자 노력을 할 것이고 이득을 취하는 부분에서 일의 타이밍, 타협, 계획, 설득, 이해, 정확한 정보 등 여러 요소가 복합되어 있다 보니 여러 가지 방면에서 자료를 찾고 뛰어난 다른 이들은 어떻게 하는지 꼭 확인하라.

상대방의 요구에 타당한 이유가 없으면 다 들어주지 마라. 이득을 취하는 것만 해야 하는 것이 아니다. 그 이득을 지키는 것 또한 중요하다.

상대방의 조언을 들어도
판단은 본인이 분명히 하라

⌣

남들이 조언을 하더라도 그것이 맞는지, 아닌지 결정은 본인이 하여야 한다. 특히 가족의 문제 경우 도덕성, 윤리성 등등의 오류 판단을 범하기 쉽다.

모르는 것에는 바로 답하지 말고 살펴본 후 결정하라. 성급하게 진행시키고자 하는 상대방이나 수법은 대다수 사기꾼이 하는, 정신 못 차리게 하려는 수작이 대다수다. 난감한 상황을 만들고 빠른 대답을 원하며 대상을 괴롭히는 것이 시작 단계인데 무조건 무시하라. 아니면 욕설 및 소리쳐도 좋다. 그 분위기에 휩싸이면 돌아갈 수 없는 강을 건너는 것과 같다. 본인에게 지장이 생기는 일을 하면 안 된다.

이전에 가족 문제로 많은 돈을 주려고 했던 사촌 동생이 있었는데 그때 조언하기를 없어도 될 적은 금액이면 버렸다고 생각하고 큰 금액은 반드시 팔을 잘라서 같이 주라고 언급하였는데 그때 정신을 차렸다고 한다. 이거는 보증, 돈을 빌려주는 행위 등 마찬가지이다. 명심하라. 인생이 안 망할 수 있는데 굳이 사서 어려움을 자초할 필요는 없다. 상대방이 멘탈이 붕괴된 상태이기 때문에 그렇게 조언해 준다. 판단은 본인의 판단력이 확실해질 때까지 성급한 요구에 답하지 마라. 일주일은 시간을 가져라. 그러면 답이 보일 것이다.

팩트 체크가 무엇인가요?

팩트(Fact)라는 단어는 사실적 함축된 내용의 의미이며 현대 사회에서 많이 사용하는 단어이다. 내용을 본인에게 유리하게 모순되게 나타내면 사실적 내용과 근거로 이야기하여 결론을 도출할 때 사용한다. 이 기법은 일어난 일들의 정보 진술이나 주장할 때 사용하는데 이것을 간파하기 위해서는 내용 전체의 사실 확인이 필요하다.

수많은 정보가 난무하고 이것이 맞는지 아닌지 분별하기 위함인데 그것을 찾기 위해서는 한 가지만 보고 이게 맞는다고 하기보다 다채롭게 봐야 올바른 것을 볼 수 있다는 것이다.

근거 없는 거짓 정보로 오해가 발생되며 편향적으로 가정될 수 있으며 가스라이팅에 가까운 것도 있다. 이런 정보에 현혹되어 제대로 확인하지 않으면 일상이든 업무적 일이든 문제가 발생한다. 간혹 거짓 정보로 타인의 기본권을 침해해서 법을 위반하는 경우까지 발생하는데 이 경우는 법적 책임을 져야 하는 경우니 참고하기 바란다.

정보 그대로 믿기보다 사실 검증이 꼭 필요하니 하나만 보고 믿는 일이 없도록 하라.

특히 본인과 관련된 일이나 생활에서는 더욱 조심해야 한다. 예전에는 정보를 돈으로 사고팔고 하는 시기가 있었다. 인터넷에는 수많은 거짓 정보가 돌고 있고 내가 여러 신문을 보는 이유 중 하나다. 극

단적인 선택은 잘못된 정보에 대한 해석인데 의문점이 들면 무조건
질문해서 이상하다 싶으면 무시해라. 그게 최선이다.

공부의 의미

공부는 2가지로 나누어지는데 학교 공부와 사회 공부가 있다.

학교 공부는 국어, 영어, 수학, 역사 등의 과목을 배우며 이해하고 암기하며 시험을 치며 익혀 나간다. 과목 수도 많아서 자기 지식화를 시키려면 시간은 부족하고 시험에 합격을 할 정도만 해서 공부하면 문제가 되지 않는다. 사회에 진출하면 학교에서 배웠던 것을 적용을 시켜야 하는데 그 직업에 대한 이해도도 없을뿐더러 경험이 전혀 없다 보니 직접 몸소 해 본 거랑 "책 만 보고 알겠어." 하는 것은 차이가 크다. 사회 진출 시 전문 기술의 향상은 일을 경험하면서 전문적 이론을 적용시켜야 하는데 학교 공부로는 사회 공부를 메울 수 없다.

사회생활은 현실적 상황, 판단, 해결 등 여러 가지 상황이 요구되며 지속적 사회 발전을 함으로써 변화에 대한 대응이 필요하기 때문이다. 참고로 말하는데 직장 생활을 잘하지 못하는데 개인 창업을 잘할 거라고 생각하지 마라.

사회 공부는 사회생활을 잘하기 위함과 동시에 일에 대한 의무를 가지고 책임을 지면서 스스로 의식주를 해결하며 살아가기 위한 활동이라고 할 수 있다. 두 가지의 공부는 공통점이 있다. 서로 다 경쟁 구조라는 것이다. 학교 공부는 일괄적으로 시험이지만 사회 공부는 항상 시험이다. 시험이라는 것이 꼭 필기만이 아닌 많은 질문, 대답으로 구두시험도 있으며 사회 공부는 답이 정해져 있는 것이 아니며 조건, 변수까지 생각해서 답해야 하는 경우가 많다.

사회생활을 하다 보면 일이라는 게 다 연결이 되어 '이 분야만 했으니깐 이거만 알고 있어야지.'라는 생각은 일 못하는 것을 스스로 자처하는 길이다. 어느 분야든 그렇게 될 수 없는 구조이며 일을 하면 여러 가지 요소가 복합적으로 적용되고 기본적인 흐름이 파악되어야 일을 수월하게 진행할 수 있다.

그리고 언제까지 남 밑에서 일을 할 것인가? 타인을 교육하는 과정 및 도움을 주든지 받든 해야 하는데 윗사람이 일에 대해 전혀 모르는 상태에서는 힘든 상황이 찾아올 수밖에 없다. 이것을 방지하기 위해서라도 사회 공부는 필수적이며 사회생활을 하면 지속적으로 해야 한다. 발전이 없는 순간 사회적 실력이 3개월 전과 현재가 같다는 것은 인생도 그렇다고 보면 될 것이다.

CHAPTER

04

변화하는 것은
누구나 어렵다

변화가 좋은 것이 있고
아닌 것도 있다

세상이 변하면 부응하면서 변화란 시대를 앞서가고 있는가? 같이 달리고 있는가? 뒤처져 있는가? 이루고자 하는 것의 동기 부여를 바꾸려면 환경을 바꿔야 한다. 물론 마음가짐을 잡아 갈 수 있지만 보통 정신력으로는 힘들다.

변화를 겪는 경우는 다양한 요소가 있으며 변화가 있으려면 동기 부여가 있어야 하며 환경에는 공간, 사람, 기술, 조건, 성향 등을 고려하여 최적의 상태에서 발휘하는 것도 중요하다. 가장 영향을 받는 것은 주변에 있는 사람이다.

그럼 왜 변화를 해야 하는지에 대해 알아보자. 사람마다 장점이 더 많다는 가정으로 보았을 때 하나의 단점이 다수의 장점을 발휘 못 하게 막기 때문이다.

단점은 본인 일에 대한 회피(거짓말), 무관심(타인과의 협동 불가), 조언 개선 안 되며 발전 불가 등 여러 가지가 있다. 보편적인 단점만 이야기했지만 장점이 감추어진다. 단점을 고쳐서 변화해야 한다.

변화를 갈구하기 위해서는 용기가 필요하고 고쳐야 잘 된다는 믿음 가져야 한다. 본인이 깨달을 때도 있지만 감추어도 타인이 더 빨리 바라본다. 안 볼 거 같은가? 아니, 본인보다 바라보는 시야가 넓고 깊은 사람이 얼마나 많은지 아는가? 상대의 약점을 금방 알아채고 그걸 이용하는 것 수준까지 가면 답도 없다. 단점을 고치는 변화가 오지 않으면 계속 또 같은 일이 일어나고 지속적일 것이다.

· **변화관리를 위한 좋은 습관**

  - 변화란 갑작스러운 충격이 아니라. 지속적인 과정이라 생각하라.
  - 위기의식이나 긴박감을 만들어라. 변화는 그런 마음가짐 없이 이루어질 수 없다.
  - 변화를 통해 비즈니스 자체뿐 아니라 문화가 달라진다는 사실을 이해하라.
  - 변화에 저항이 있으리라는 사실을 예상하고 이에 적절히 대응할 수 있는 방안을 수립하라.
  - 눈앞의 상황보다 냉정하게 판단하라.

처음부터 크게 하려고 하지 마라

어떤 일이든 가장 먼저 계획을 짜야 한다. 성급히 짜면 돌아갈 길이 힘들어진다. 이 책을 쓰게 된 계기이기도 하지만 사촌 동생이 어렵게 나에게 찾아왔었다. 인생길을 잘 모르겠고 방향을 찾고 싶다고 했다. 이미 오기 전에 한국에 오고 싶다고 이야기를 한 상태이고 '설마….' 하고 있는데 정말 한국으로 넘어왔다. 이미 사촌 동생이 가족과 같이 지내는 형태이기 때문에 여기에 대해 나는 고민을 깊게 했었다. 놀러 오는 거는 무관해도 방향을 잡아 주려면 1년이라는 시간은 걸리기 때문이었다. 몇십 년 만에 보기에 더욱 이야깃거리가 많았다.

사촌 동생이 왔을 때 첫날은 잠도 제대로 못 이루고 많은 생각을 했던 거 같다. '시차 적응 때문인가?' 생각했지만 그런 거 같지는 않았다. 삶에 대한 책임이 있는데 막연한 거에 몸을 던진 느낌이었다.

마침 직장을 이동하는 참이어서 시간도 어느 정도 있고 해서 같이 바람이나 쐬러 돌아다녔다. 무엇을 하기보다는 한국 명소나 구경시켜 주면서 마음을 차분히 하라고 했고 그렇게 3일 정도 돌아다녔다. 사정도 물어볼 겸 해서 어떻게 된 건지 상세히 들었다. 해외 대학을 다녔고(영어 및 해외 방식으로 공부) 성악 연습을 함(목소리 좋음). 인턴 생활을 했는데 안 맞음(프리랜서), 웅변(인터넷 강의도 가능). 이것을 괄호 친 거로 난 해석하였고 학원 강사로 좁혀졌다.

요즘은 스타 강사도 돈 잘 벌고 유명 인사들도 많고 하니 직업의 인식도 옛날하고 다르게 바뀌었다. 같이 살려면 일단 사회생활을 먼저 시작하여 본인이 돈을 벌면서 하고 싶은 것을 하라고 했고, 큰 계획은 이거였다. 시작은 잔잔하게 정장 구입 → 머리 단정히 → 이력서 사진 촬영. 이후에 이력서를 쓰라고 했다.

이력서 작성에 대해 미리 어떤 느낌인지 감을 잡게 하기 위해서 서점에 같이 가서 책을 보면서 남들은 어떻게 쓰는지 보라고 하였다. 과거에 했던 일이나 좋아하는 것을 생각하면서 구체적으로 쓰라고 했다.

기본적인 기입란은 꼼꼼하게 작성을 잘 했으며 지원 동기, 성장 과정, 자기소개 등이 있는데 역시 처음 쓰는 티가 났으며 일에 대한 경험을 언제부터 하게 되었고 그로 인해서 어떠한 성과를 가져오게 되었으며 이러한 경험이 축척되어서 적성에 맞는다고 생각하였고 지원하게 되었으며 학창 시절 가르치던 학생을 상담을 통해 마음가짐을 잡아 줄 수 있었다고 의미 부여를 하여 작성하라고 했고 이력서 및 자기소개서는 작성 완료되어 여러 군데 넣었고 면접이 있거든 2군데 이상 괜찮은 곳만 해서 가 보라고 했다.

면접에 가거든 꼭 실습 강의를 어려운 문제 위주로 하라고 했고 영어로 이야기하고 좋아하는 과목인 수학, 물리를 하라고 했다.

그중 하나 마음에 든다는 곳에 들어가게 되었으며 나이에 비해 페이도 나쁘지 않았다. 남들보다도 빠르게 취직했으며 들어가면 이제 시작이라는 말과 함께~ 일주일간은 프리 복장이라고 하더라도 정장을 입고 출근하면서 선생님처럼 꼭 예의 바르게 복장을 갖추라고 하였다. 사촌 동생도 나의 말에 토를 다는 편이 아니라서 다 따라 준다. MZ 세대이다 보니 주 5일을 원하였는데 업무 특성상 주 6일이 맞는 것 같다고 판단하여 결국 그렇게 되었다(업무 특성상 학교를 마치고 학원 수업 진행).

나중에 봐서는 기회도 많이 생겨 인터넷 강의 경험도 하고 거의 12시간~14시간 꼬박 일을 하였다. 그렇게 사촌 동생은 사회생활의 시작을 하였다(그전에 했었던 인턴 생활은 제외).

인턴에게 그렇게 중요한 업무를 주지도 않았기에 지금도 그 이야기를 꺼내면 실망부터 하고 있다. 회사에 대해서는 기본기부터 먼저 알려 주었다.

요즘에는 "처음부터 다 알려 주세요."는 힘든 구석이 있어서 일단 본인 업무를 체크하는 것도 중요하며 분명 그전에 관련 서류라든지 있었을 것이다. 서류로 남긴 거는 눈으로 확인을 꼭 해 보라고 말을 해 주고 싶다. 회사마다 했던 방식이 있고 그게 다 올바르다는 것은 아니지만 '이런 형태로 했구나.' 정도는 알아야 일을 수월하게 진행된다는 점을 이야기하였다.

무엇보다도 중요한 것은 처음부터 크게 하려고 하지 말고 순서에 맞게 조금씩 진행하면 오히려 더 빠른 경우가 실제로 더 많다. 왜냐면 그게 더 정리하기도 쉽고 실행하기도 쉽기 때문이다. 그러한 습관을 가지는 게 중요하다.

무엇이 이득인가?
순수한 목적으로 다가가라

⌣

세상은 아이러니하게도 같은 상황이 안 올 거 같지만 제대로 해결을 안 하면 마치 시험을 당하듯 같은 상황이 벌어진다. 잘못된 반복에 대하여 '어떻게 해결할까?' 이 생각은 꼭 해야 한다.

본인의 일이라 어처구니없는 일이라 한탄만 할 것이 아니라 직접적으로 달려들어서 물어뜯는 각오로 해결을 해야 한다. '시간이 해결해 주겠지.'라는 생각은 마음의 상처만 회복하는 데 해당되는 것이지 일이나 과정은 제외다.

방법은 하나며 시뮬레이션을 해 보는 것. 상황을 머릿속에 그려라. 그리고 해결 과정을 도입시켜라. 여기서 말하는 해결 과정은 해결을 하는 과정에도 순서가 있다는 것이다. 순서(과정)도 중요한데 잘못되면 일을 그르친다.

조건 하나는 의도 자체가 돈이 되어서는 안 된다. 순수한 목적이어야 한다.

문제 해결 능력을 높이는 능력을 키워야 같은 상황이 와도 감정적으로 대하지 않고 문제 발생 자체도 방지할 것이다. 사회에서는 좋은 일만 있는 것이 아니라. 불미스러운 일도 생긴다. 때로는 불미스러운 일의 계기로 해결을 잘 하여 좋은 일처럼 되는 경우도 있다. 일을 해결할 때는 감정을 배제해라. 그게 들어간 순간 더욱 꼬인다. 절대 상대방의 감정에 휘말리지 마라.

앞으로의 대책에 대해 생각을 하고 현재의 이익과 미래의 이익을 구분하여 생각하라.

내 사촌 동생이 학원에 들어가서 강의를 시작한 지 8개월 정도 되었을 때 이야기이다. 요즘은 학부모님들이 참관하는 경우도 많고 부모님들도 일하고 나서 직접 학생한테 물어보지 않고 학원에다 문의하는 경우가 많다. 학생의 수업 태도, 학교 성적, 진로 상담 등등을 물어본다. 물론 사촌 동생도 상담을 저녁 늦게까지 오래 한다. 일반적으로 밤 11시부터 밤 12시까지도 한 것을 본 적이 있다.

학원 측에 매니저가 있어서 상담을 해 주기도 하지만 상세한 것은 담당 선생님을 통해서 물어보는 경우가 많은데, 그리고 상태 여부는 해당 학생을 가르친 선생님이 가장 잘 알지 않을까 싶다. 물론 상담 비용에 대해서는 안 받고 하는 거 같았다. 주는 학원도 있다고 했었다. 비용을 안 받아도 말하는 것을 좋아하는 사촌 동생은 끊임없이 통화한다. 물론 힘들 것이다. 가끔 학부모님한테 잘 보여서 스타벅스 커피 쿠폰을 잔뜩 받기도 한다고 한다.

30대 중반 남자 선생님이 같은 학원에 있었는데 상담 수익이 없으니깐 대충 말하고 매니저한테 넘기기 바쁘고 만사가 귀찮다고 하는 말투로 말했다가 학부모님 3명이 와서 학원 불평불만으로 난리가 났다. 원장님에게 어떻게 책임을 질 거냐며 수업료를 다 물어 달라고 했다. 아니면 법정까지 갈 거라고 했다. 결국 학원 측에서는 수업료를

다 물어 주었고 더불어 선생님도 바로 교체하였다. 사촌 동생은 그 남자 선생님은 다시는 보지 못했다고 했다. 눈앞의 이익만 보는 남자 선생님은 하나만 알고 둘은 모르는 것이다.

이론적으로 말하면 돈을 누가 지불하는가? 학생이 학원에다 지불하는가? 아니다. 그 비싼 등록금은 학부모님이 학원에 내는 것이다. 당연히 고객한테 설명은 해야 하는 것이 아닌가? 그리고 상담을 잘 했을 때 기회는 어떤 것이 있는가? 해당 선생님에게 배우고 싶은 학생이 늘어나면서 줄을 설 것이고 소문은 금방 퍼진다. 특히 교육에 한참 열을 올리는 학부모님들 사이에서 난리를 치는 만큼 좋은 소문도 빨리 퍼뜨려 준다. 내 사촌 동생한테 학원 수업료의 개인 과외 3배 이상까지도 이야기가 나왔었다.

물론 그 제안은 거절하게 했다. "학원에서 영업을 한 것을 뒤로 빼는 짓은 언젠가 알지 않겠어?" 내 사촌 동생도 이해했었다. 왜냐면 이 계통에서 오래 일해야 하기 때문이다.

사촌 동생은 개인적으로 학부모님들이 학원으로 찾아와서 놀라면서도 한편으로는 이번 사태에 대해 웃었다고 한다. 왜냐고? 자신에게 기회가 왔으니까. 경쟁 상대는 누구일까? 사촌 동생 입장에서는 같은 선생님들이다. 그 사실은 이미 학원 강사로 들어가기 전에 인지시켜 놓은 상태이다.

학원의 성수기, 비성수기(학생 수)를 생각하지 않고 많은 학생을 가르칠 수 있으니깐, 애초에 들어갈 때 마음가짐이 학생을 올바르게 가르치고 성적을 높이겠다는 마음가짐이었다.

이런 마음가짐이 중요하다. 이 마음가짐이 없어지면 학원 선생님은 그만두라고 내가 신신당부했다. 일을 해도 의미 없으니까. 그 의미는 자기 발전을 이야기하는 것이다.

CHAPTER

05

기회
(Chance)

인생의 기회는 집 안에 없다

집은 안락하게 쉬고 편안한 공간이다. 긴장감도 떨어지고 무엇을 해 보겠다는 생각이 약해진다. 인생이 안 풀리면 걸으면 행운이 온다는 말을 믿는데 정신과 육체가 건강해야 온전한 생각을 하고 기회를 엿볼 수 있다.

필자의 경우 운동을 하면서 재정비를 하고 사색도 하고 피곤함을 최소화시켜서 다음 일정에 대해 계획을 세운다. 순간적으로 기발한 것이나 해결책이 떠오를 때는 집 안의 경우보다는 밖이 더 많았다. 집에서는 똑같은 일상이 반복되기에 생각에 대한 한계가 발생하기 때문에 그렇지 않나 싶다.

밖에서 남들과 함께하는 경험을 통해 자신감도 얻을 수 있으며 새로운 경험을 쌓을 수 있다는 것을 명심해라. 세미나, 예술 문화를 보든지 다양한 것을 보는 것이 좋으며 한정적으로 살면 눈으로 본 게 다라고 거기에 멈추는 현상이 발생한다. 성공한 인물 중에 혼자서 일구어 낸 사람은 단 한 명도 없다. 외톨이처럼 하기보다는 하다못해 취미든 특기든 동호회나 관심을 가지는 분야의 사람들과 어울리면서 실력을 향상시켜라. 혼자서 할 수 있는 것은 그렇게 많지 않다. 해답은 밖에 있으니 나가서 찾아라~!!

사촌 동생이 학원 강사로 이력서를 넣었는데 집에서 조마조마하면서 기다리기에 과감히 나가자고 했다. 길을 걸으라고 그러면 행운이 올 거라고 했더니 걸어가면서 떡볶이 식당에 들어가서 먹는데 면접 제의 연락이 왔었다.

물론 이 경우가 다 적용된다는 것은 아니나, 마음가짐을 좀 여유롭게 가지고 답답하게 집에 있지 말라는 소리이다.

집 안에만 있으면 사람마다 증상이 다르지만 우울해지거나 활기가 떨어지고 심지어 겁까지 많아진다. 역마살이 있어서 돌아다니라는 소리가 아니라 때때로 공기 정화, 문화생활을 하면서 정신 건강을 신경 써야 한다.

정신이 흐트러진 순간 모든 것이 위험하다. 마음이 조급해지고 이상한 행동을 하고 그럴 때는 마음을 다시 잡고 잡다한 거에는 신경을 끄고 쉬어야 한다.

20대, 30대, 40대는
공통분모가 분명히 있다

⌣

　사회에 나가면 똑같이 일한다. 다만 경력이 있는지 없는지만 차이가 있는 것이다. 경력에 해당하는 실력도 제대로 키우지 않으면 경력자라도 발전이 없는 상태이기 때문에 메리트가 신입이랑 별 차이 없어 큰일이다.

　같은 직종에 들어가면 다 비슷한 일을 겪으며 디테일 및 노련함 차이에 따라 달라진다. 가끔 나보다 늦게 들어왔는데 더 뛰어난 경우가 있다. 엄청난 노력으로 2년 차까지의 수준까지 갈 수 있다. 그러한 자들이 있다. 남들보다 시간을 더 써서 부족한 것을 채우는 자들. 물론 타고난 능력도 어느 정도 발휘가 될 수도 있고 직장이든 어디든 2년간은 정말 열심히 노력해야 한다. 일의 어려움에 대해 20~40대까지 견디어야 하는 업무 강도는 동일하고 자립을 일찍 하냐 늦게 하냐의 문제이다. 공통적으로는 일하면서도 자기 계발을 꾸준히 해야 한다.

　요즘은 커피숍에 공부하는 환경이 갖추어지면 자기 계발 및 공부를 하는 학생들로 가득 찬다. 특히 주말에는 자리가 가득 차 있다. 현재도 책 한 권 들고 가지만 사촌 동생 또한 특별한 일이 없다면 주말마다 이용을 권유했고 걸어서 20분 거리지만 가는 습관을 들이도록 했다.

　집에는 공부하는 환경을 만들지 않았고 주말에 씻고 정리하는 행위가 편하게 쉬는 구조로 되어 있어서 공부가 제대로 되지 않는다고 생각했기 때문이다. 그리고 경쟁자들도 보게끔 해서 의욕이 샘솟게 하였다. 학원 강사는 아는 내용만 읊어 대면서 지식수준이 과거와 같아지면 안 된다고 강조했고 '어떻게 하면 더 학생을 더 잘 가르쳐 줄 수 있을까?'에 대한 고민을 수시로 하라고 일러 주었다. 우리 집, 사촌, 팔촌이든 다 해서 천재 이런 거는 없기에 노력으로 해내야 한다는 것을 알고 있다. 실질적으로 천재는 몇몇 본 적 있는데 바라보는 시각이 범상치 않다.

그것도 어릴 때부터 알고 있는 일화를 말해 준다면 어머니께서 다림질을 하다가 전화를 받으러 갔다. 다리미를 와이셔츠 위에 올려놓았다는 것을 깜박하고 다시 돌아왔을 때는 태운 상태였다. 많이 속상해하셨다. 그 아이는 생각했다. 다리미 뒤쪽이 오뚝이처럼 올라갈 수 있도록. 다리미 뒤쪽에 무게 추를 달아 어딘가 엎어 놓으면 자동으로 올라가도록….

또 하나는 연필심이 워낙 자주 부서져서 부서지지 않도록 연필심과 커터 칼을 결합하여 심을 올렸다 내렸다 하는 것이었다. 초등학교 3학년 때 그것을 옆에서 보고 알았다. 자체적으로 소질을 가진 자가 있다는 것을. 같은 반에 같이 있어도 따라갈 수 없다는 것을 인정하였다. 물론 부모님의 뒷받침도 있었을 거라고 생각한다. 아이가 더 흥미를 가질 수 있도록 옆에서 도와주었을 것이고 생각하는 법을 알려 주었을 것이다.

물론 위 내용의 발명이 다 잘된 것인지는 모른다. 다만, 기발하게 생각하며 실행했다는 사실만 알고 있다는 것이다. 20대, 30대, 40대든 번뜩이는 것은 남을 불행하게 만드는 것이 아니면 모든 것을 시도해 봐라. 예전에는 부끄러운 것이 지금은 끼가 되고 특기가 되는 시절이다.

먹방, 막춤, 재미있게 말하기, 만화 보고 후기 남기기, 동물 돌보기, 방귀 많이 뀌기 등 다양성이 인정된다. 가슴에만 품고 있으면 한(恨)만 생긴다.

움직여라. 행동하라. 조금이라도 나아가라. 하루를 보람되게~~

살아가면서 조심해야 하는 것들

조심해야 하는 것은 기본적으로 남들이 기피하는 것들이다. 도박, 사기, 보증, 돈 빌리는 거, 빌려주는 거, 요즘 사기는 인터넷 전세 사기, 검찰과 은행 직원의 대포 통장 사칭, 블랙 컨슈머 등. 특히 폭력, 폭행 유발은 피해자가 무조건 생기며 정신 바짝 차려서 피해야 하는 것이다. 특히 사업자들은 채무, 불량 채권, 신용 불량에 조심해라(본인뿐만 아니라 가족한테도 피해가 간다).

인터넷과 정보가 발전된 만큼 개인 정보 유출에 대한 피해도 심각해지고 있으며 다른 사람의 피해는 아랑곳하지 않고 피해를 주는 사람들도 늘었다. 남의 피눈물을 나게 만드는 자는 대가를 치러야 하는 세상이 되어야 한다. 사형 제도도 부활해서 본보기가 필요하다고 생각하는 사람이다. '감방만 갔다 오면 다 되겠지.'라는 생각을 뿌리째 뽑기 위해서이다.

급하게 결정하는 것은 피하고 모르면 주변 믿을 만한 사람에게 물어봐라. 부끄러워할 거 없다. 누구나 당할 수 있다. 명심해라~!! 숨겨서 피해가 커지는 것이 더 안 좋은 일이다. '좋아지겠지.' 하고 기다리는 순간 늦는 경우도 많고 쓸데없이 정신적 타격이 크기 때문에 좋은 판단력이 나오기 어렵다. 당신은 소중한 존재이다.

여러 책을 보면서 알게 된 것을 공유하겠다.

플라톤의 인생 명언을 말하고자 한다.

- 남의 험담을 하지 마라.

부정적인 이야기는 될수록 하지 않는 것이 사회생활을 할 때 큰 도움이 된다.

- 스스로 자랑하지 마라.

자신을 낮출 줄 아는 사람은 중요한 자리에 오를 수 있고, 남 이기기를 좋아하는 사람은 반드시 적을 만나게 된다.

- 부끄러운 과거를 말하지 마라.

어떤 관계에서도 영원이라는 단어는 존재하지 않는다. 상대가 적이 되면 나의 사생활의 약점이 된다.

- 자신의 콤플렉스를 드러내지 마라.

씁쓸하고 잔인하게도 인간은 타인의 약점을 통해 위안을 얻고 자신이 모르는 사이에 은근히 즐긴다.

- 돈 자랑, 나의 부를 자랑하지 마라.

인간은 저 사람이 나보다 더 많은 것을 가졌다는 이유로 상처를 받는 존재이다. 앞에서는 모두 박수를 쳐도 속마음은 그렇지 못하다.

- 나의 굳은 신념을 말하지 마라.

사람들이 나에게 하는 조언은 생각보다 더 제각각이고 상대적일 확률이 크다.

하지 말아야 할 것은 강력한 마음가짐을 가지고 단호하게 하지 말아야 한다. 목적과 이유가 분명하면 시행하라. 그것이 불분명하면 언제나 탈이 있기 마련이다.

인연이 없는 것에 매달리지 마라

사람은 같은 부류를 만나기 쉽다. 상대와 보는 높이가 비슷해야 마음이 편하고 대화가 통하고 있었던 일, 사생활 등 여러 가지 일을 공유하고 도움을 받기도 때론 피해를 보기도 한다.

"한 가지의 태도가 만 가지의 태도를 대하는 태도이다."

최근 본 영화 중 〈존 윅 4〉에서 나오는 대사이다. 이 말의 의미는 신중하게 일을 처리하라는 말로 실수가 없게끔 하라는 말이다.

상대방의 관계를 너무 믿지 마라. 언제든지 뒤통수를 때릴 수 있다. 인과관계가 있는 건지 없는 건지 중요하다. 간혹 서로 발전할 수 있는 가능성을 보는 관계인지 아니면 재미로만 만나는 건지 생각해 봐야 한다.

변화는 위에서도 상기시켰듯이 대인 관계에서 차이를 보이며 자신이 듣기 좋은 말만 의미 없이 들으며 시간은 보내는 것은 정말 멍청한 짓이다. 발전 없는 관계는 서로를 망치는 경우가 허다하다. 여자 친구를 사귀었는데 한창 공부해야 할 때는 해야 하는데 오히려 성적이 서로 더 떨어지고 일도 안되고 그렇다면 만나는 패턴을 바꾸든지 해서 서로 발전을 할 수 있는 쪽으로 향해야 한다. 그러한 관계가 오래간다.

도움이 된다, 안 된다는 바로 정할 수는 없지만 발전이 없다 싶으면 만나는 횟수를 줄여라. 언제까지 "같이 있으면 행복해."라는 말을 할 것 같은가?

때로는 고독을 가지고 혼자서 교육을 받고 문화생활도 하고 더 의미 있는 시간을 가질 수 있음에도 불구하고 흘러가는 대로 놔두면 정말 흘러만 갈 뿐이다.

소중한 시간은 자신을 꼭 발전시키는 데 일주일에 하루라도 할애해서 가져라. 그것이 어떠한 삶을 가져올지 기대하면서~ 아닌 인연에 매달려 허송세월하는 것보다는 천 배, 만 배 낫다. 너무 고독하다고 생각되면 반려동물이나 금붕어를 차라리 키워라. 그게 낫다. 같이 발전할수 있는 상대를 찾아라. 보고 장점만 흡수해라.

인간은 장단점이 항상 있으니 나에게도 필요한 것, 즉 나에게는 없는데 저 사람은 가지고 있는 좋은 장점을 가져라. 생활 패턴, 말투, 행동 등 이런 것도 보고 배울 만한 거는 똑같이 해 보는 것도 무관하다. 상대를 친한 사람이라고 보지 말고 완전 타인이라는 인식으로 사람을 가만히 보면 보일 것이다. 상대방이 중요시하는 것은 무엇인지.

참고로 내 사촌 동생이 나에게 반했던 이유 중 두 가지. 사람에 대한 질문을 했는데 거의 맞아서 1년을 본 사람보다 1시간 보았는데 더 자세히 말해서이고 또 한 가지는 바인더 적는 습관을 가진 것이다.

사람 보는 눈은 그 사람의 말투, 행동으로 대략 파악하는 것인데 거의 틀린 적이 없는 거 같다. 아마도 여러 사람을 보고 내공이 쌓였던 거 같다. 그리고 바인더는 회사, 미팅, 자기 계발 등 항상 들고 다니는데 떼놓을 수 없는 물건이며 이것이 나의 가치라고 생각하면서 필요한 모든 것을 적는다.

적는 습관에 대해 조금만 이야기해 보자면 면접 질문이었는데 왜 컴퓨터에도 쓰고 할 수 있는데 종이에다 쓰냐고 물어봐서 컴퓨터는 고장이 나면 다 날아가는데 종이는 고장이 안 난다고 이야기해서 그때 면접관이 일리 있다고 말하고 면접을 나름 잘 보았던 기억이 있다.

사촌 동생이 내가 어릴 때 지극히 평범하게 노는 모습만 보아서인지 잘 몰랐는데 20대가 되니 내가 크게 보인다고 했다. 그 말에 좀 더 열심히 해야겠다는 생각이 들었고 메모하는 습관을 죽을 때까지 가지고 갈 예정이다.

혼자 있는 시간도 정말 많았지만 너무 혼자 있으면 바보가 되는 것도 있으니 한 번씩 기분상 사람들과 어울려 지낼 필요가 있다. 20대 초에 이미 계 모임을 만들어서 월 3만 원씩 부담 없는 금액에서 1년에 1번, 2번 정도 같이 여행을 하면서 같이 즐기는 시간을 가진다.

지금은 그것을 잘했다고 생각하며 그렇게라도 안 하면 볼 명분이 생기지 않아 20년이 지난 이 순간에도 안 모였을 거 같다. 사람은 혼자 살아갈 수 없다. 타인을 만나고 발전해야 하는 동물이고 발전적 관계를 꼭 가지길 바란다.

친한 친구의 어머니가 최근에 돌아가셨는데 거리가 왕복으로 끝과 끝이었는데 멀어서 오지 말라는 친구의 이야기를 무시하고 저녁에 출발해서 새벽에 장례식장에 도착하여 조문하여 친구(상주)를 위로해 주었다. 이런 거는 잘 안 빠진다. 즐거울 때만 친구가 아니기 때문이다. 슬플 때도 옆에 있어 주는 것이 친구가 아닌가 싶다. 결혼식은 안 가더라도 장례식장에는 가는 것이 맞다. 멀어도 간 이유는 직접 안 가면 나중에 후회할 거 같고 친구한테 내가 허락을 받아야 하는 사람도 아니기 때문이다.

평생 인연을 같이할 친구이기도 하다. 항상 좋은 인연을 많이 만들어 가는 어른이 되길 바란다.

CHAPTER

06

살아가면서
알아야 하는 지식

경영학

~

기업이나 사업을 관리하고 운영하는 데는 경영이 필요하고 실제로 사회에서 쓰인다. 기본적으로 사회에 나오려면 어느 정도 연관성을 짚어 나가며 이 학문을 활용해야 하며 그것으로 돈을 벌 수 있다고 할 것이다.

내가 경영 전문가라는 말은 아니며 그래도 알았으면 하는 내용을 기입했으니 오해는 하지 않았으면 한다. 사회 활동에 직접적으로 다 쓰이는 것이고 살면서 필요하다고 느꼈던 부분을 적는 것이니 본인의 것으로 만들어 잘 활용했으면 한다.

• **경영학**

조직 속 인간의 경영 행동에 관한 연구를 한 학문이며 경영적 활동은 기술적 활동, 상업적 활동, 재무적 활동, 브랜드 활동, 회계적 활동 관리적 활동을 모두 포함하는 의미이며 관리란 관리적 활동만을 의미한다. 관리의 5요소는 예측, 조직, 지휘, 조정, 통제를 말한다. 모든 기업에서 다루는 일이며 얼마나 프로세스화를 시키는가 관건이다.

경영 관리 기능에는 계획 수립, 계획의 유형, 의사 결정, 목표에 의한 관리가 있다.

• 계획 수립의 의의

계획 수립은 조직이 달성해야 할 목표를 설정하고 이들을 효율적으로 달성하기 위한 구체적인 행동 방안을 선택하는 것을 말한다.

• 계획 수립

목표 달성을 위한 여러 행동 대안으로부터 최선의 대안을 선택해 의사 결정을 하는 것이다.

• 계획의 유형

전략과 전술이 있는데 전략은 장기적인 계획이며 최종 목표를 달성하기 위해 앞으로 택해야 하는 실행 계획이며 전술은 단기적인 계획이며 목표를 달성하기까지의 개발적인 단계와 행동을 구체화한 단기 계획이다.

• 의사 결정

기업의 소유자 또는 경영자 기업 및 경영 상태 전반에 대한 방향을 결정하고 있다.

• 목표에 의한 관리

목표 관리의 기본 단계, 목표의 의한 관리의 장점, 단점에 대해 이야기하겠다.

• 목표 관리의 기본 단계

목표의 발견 → 목표의 설정 → 목표의 검증 → 목표의 수행 → 목표의 평가

• 목표에 의한 관리의 장점, 단점

장점은 개선된 경영 관리를 가져오며 조직의 구조와 역할을 명확히 하며 조직 구성원 개인의 업무에 대한 전념으로 고취되며 효과적인 통제가 가능하다.

단점은 타당하고 실현성을 목표로 설정하기 어렵고 단기 목표를 지나치게 강조하여 장기 목표와의 조화를 잃게 될 우려가 크다.

통제는 기업이 목표를 달성하기 위해서 설정해 놓은 계획이 이루어지도록 경영 활동 과정에서 업무의 성과를 측정하여 계획대로 업무가 진행되었으면 적절한 동기를 부여하고 그렇지 못했을 때는 계획을 수정하여 업무로 추진하는 것이다.

• 통제 과정

표준의 설정 → 성과의 측정 → 편차의 수정

회사 위계 수준과 경영기술

필요능력: 총 100% 중

→ 개념 능력(50%), 인간적 능력(40%), 기술적 능력(10%)
※전략적 의사결정(비정형적, 복잡한 의사결정)

→ 개념 능력(30%), 인간적 능력(50%), 기술적 능력(20%)
※관리적 의사 결정

→ 개념 능력(10%), 인간적 능력(50%), 기술적 능력(40%)
※업무적 의사결정(정형적, 단편적 의사결정)

· 전략적 의사 결정

환경의 변화에 대응하기 위한 제품 및 새로운 시장을 선정.

제품 시장의 기회에 기업의 총자본을 재분배 의사 결정.

· 관리적 의사 결정

전략적 의사 결정을 구체화하기 위하여 최적의 성과를 산출하도록 해당 분야 전문을 조직화.

조직 편성, 자원의 조달 방법, 인사와 훈련 계획, 권한 책임의 문제, 유통 경로, 직업 및 정보 흐름 등.

· 업무적 의사 결정

전략적 의사 결정과 관리적 의사 결정을 구체화하기 위한 활동.

기업 자원의 효율 극대화라는 일정 계획, 감독, 통제 활동 등이 있음.

- **중간관리자의 역할**

　세부적인 계획을 세우고 관리, 통제하는 역할.

- **균형성과표**(BSC: Balanced Score Card)

　기업이 추구하는 전략을 달성하는 데 효과적인 핵심 요소 4가지(재무, 고객, 내부 프로세스, 학습과 성장)를 구분하여 구체적인 전략을 달성하려는 성과 관리 도구이다.

- **재무적 관점:** 기업 가치 향상을 위한 중요한 재무 성과에 대한 질문으로 재무적으로 성공하기 위하여 주주에게 어떻게 보일 것인가 중요시한다.
- **고객 관점:** 평가 대상이 되는 고객을 명확하게 한 후 고객이 중요시하는 가치는 무엇인가를 파악하는 과정이라고 할 수 있다.
- **기업 내부 프로세스 관점:** 주주와 고객을 만족시키기 위하여 기업 내부에 가치를 창출할 수 있는 프로세스를 가지고 있어야 하는데 이를 평가하는 관점이라고 할 수 있다.
- **학습과 성장 관점:** 기업이 새로운 프로세스를 개발하고 장기적으로 성장하거나 고객을 만족시키는 능력을 지속적으로 향상시켜 나아갈 수 있는 조직 기반이 있어야 하며 이 부분의 성과를 평가하는 관점이다.

- **직장 내 교육 훈련(OJT: On The Job Training)**

  직장에서 구체적인 직무를 수행하는 과정에서 직속 상사가 부하에게 직접적으로 개별 지도를 하고 교육 훈련을 하는 방식.

- **직장 외 교육 훈련(OFF-JT: Off The Job Training)**

  직장 생활에서 벗어나 전문교육훈련기관(연수원, 교육원 등)에서 여러 교육자를 대상으로 동일한 교육 훈련을 실시하는 방식.

- **직무기술서의 작성**

  직무 분석의 결과 직무의 능률적인 수행을 위하여 직무의 성격이 요구된 개인의 자질 등 중요한 사항을 기록한 문서(직무 평가와 승진 인사의 결정 기준으로 사용).

- **직무명세서의 작성**

  직무 분석의 결과를 인사 관리 특징에 맞도록 세분화해서 구체적으로 기술한 문서(면접 시 사용).

  ※ 즉, 직무기술서는 과업 요건의 초점이고 직무명세서는 인적 요건이 초점이다.

- **조직 개발이 갖추어야 할 기본 요건**
  - 최고경영자 및 참가자의 적극적 지지와 니즈가 있어야 한다.
  - 특정 부문에서 조직 전체로 확산되어야 한다.

- 조직 개발의 결과 변화된 인적 자원을 활용하기 위한 구조의 설계
  가 뒤따라야 조직 개발의 효과가 지속될 수 있다.
- 조직 개발의 실행 과정에 참가한 변화 담당자의 권위가 있어야 한다.

• 경영 혁신

조직 또는 기업의 목표를 달성하기 위해 새로운 성질, 방법, 기존
업무를 다시 계획화하고 조직화하여 지휘, 통제하는 것.

• 경영 혁신의 필요성

- 기업이 원하는 목표를 달성하지 못하는 경우.
- 기업이 새로운 목적을 추구하는 경우.
- 기업환경이 급변하는 경우.

• 매출을 올리는 4가지 방법

- 매출액을 증대시켜야 한다.
- 매출액을 차지하는 이익의 비율이 높아져야 한다.
- 매출 수량이 일정하다고 가정할 때 매출 단위당 가격을 높인다.
- 지출 비용 최소화한다.

• 경영 혁신 기법

기업이 비즈니스를 수행하는 방식에 큰 변화를 가져옴으로써 기업
의 경쟁력을 강화해 주는 수단 또는 과정을 의미한다.

- **고객 만족 경영(CSM: Customer satisfaction management)**

  고객 만족을 궁극적인 경영 목표로 안정적 수익 기반을 장기적, 지속적 확보해 나가는 경영 기법을 의미.

- **고객 관계 관리(CRM: Customer Relationship Management)**

  고객과 관련된 내외부 자료 분석 통합에 고객 중심 자원 극대화, 신규 고객의 창출보다 기존 고객의 관리에 초점.

- **벤치마킹**

  선도적 기업들의 기술 혹은 업무 방식을 지속적으로 측정하고 비교함으로써 얻어진 유용한 정보를 자사의 성과를 높이는 업무 개선 수행에 반영.

- **리엔지니어링(BPR: Business Process Reengineering)**

  기존의 업무 수행 방식을 원점에서 재검토하여 업무 처리 절차를 근본적으로 재설계하는 것.

- **아웃소싱(Out sourcing)**

  기업 내부의 프로젝트 활동을 기업 외부의 제3자에게 위탁해 처리하거나 외부 전문 업체가 고객의 정보 처리 업무의 일부 또는 전부를 장기간 운영, 관리하는 것. 목적은 경비 절약, 기업의 규모 축소, 전문화 등.

- **다운사이징**(Down sizing)

  조작의 효율, 생산성, 경쟁력을 높이기 위해서 비용 구조나 업무 흐름을 개선하는 일련의 조치. 필요 없는 인원이나 경비를 줄여 낭비적인 조직을 제거하는 것. 구체적인 실천 방법으로는 명예퇴직, 성과 보수 체제 등.

- **전사적 자원관리**(ERP: Enterprise Resource Planning)

  기업이 구매, 생산, 물류, 판매, 인사, 회계 등 별도의 시스템으로 운영되던 것을 하나의 통합적인 시스템으로 구축하여 경영 자원을 효율적으로 관리하는 것. 관리, 경영 상태를 실시간으로 파악하고 정보를 공유하게 함으로써 빠르고 투명한 업무 처리의 실현을 목적으로 한다.

- **기업의 지속적 성장을 위한 선택적 기업 성장 전략**
  - **시장 침투 전략:** 기존 제품으로 기존 시장에서 제품의 질 향상 등을 통제, 시장 점유율을 높인다.
  - **시장 개발 전략:** 기존 제품으로 새로운 시장에 진입하여 시장을 확정하기 위한 전략이다.
  - **제품 개발 전략:** 기존 시장에 새로운 제품으로 진입하기 위한 전략으로 신제품 개발이나 기존 제품의 개선, 제품 계열의 확장 등이 포함된다.
  - **다각화 전략:** 새로운 시장에 새로운 제품으로 진입할 경우로 연관

사업 및 비연관 사업의 다각화, 수직적 통합이 이루어진다.

• **경쟁 우위 전략(포터)**
- **원가 우위 전략:** 동일한 제품을 경쟁사보다 저렴하게 제조, 판매하는 전략.
- **차별적 전략:** 경쟁사에 비해 가격이 높더라도 우수한 품질로 우위를 점하는 전략.
- **집중화 전략:** 경쟁 영역이 좁은 경우 기업의 자원을 집중시키는 전략. 기업의 마케팅 지원이 제한적이고 경쟁영역의 범위가 좁은 경우, 즉 세분 시장을 대상으로 하는 전략.

• **포터의 산업 구조 분석 모형**
- **산업 내 경쟁:** 산업의 집중도가 높을수록 수익률이 커짐.
  제품 차별화가 많이 될수록 수익률이 커짐.
  초과 설비가 많아지면 수익률이 커짐.
  퇴거 장벽이 높으면 수익률이 낮아짐.
- **잠재적 진입자:** 자본 소요량이 크면 진입 장벽의 역할을 수행.
  규모의 경제, 절대적 비용 우위가 진입 장벽의 역할을 수행.
  강력하게 형성된 유통 채널이 진입 장벽의 역할을 수행.
- **제품 차별화:** 소비자에게 인식된 제품이나 상표의 특성은 진입 장벽의 역할을 함.

- **구매자의 교섭력, 공급자의 교섭력:** 구매자나 공급자가 갖고 있는 정보가 많으면 교섭 시 우위를 점할 가능성이 큼.

  공급자나 구매자의 전환 시 많은 전환 비용이 발생하게 된다면 전환이 어렵게 되고 이는 거래비용을 증가시킬 가능성이 커짐.

  수직적 통합의 가능성이 있다고 하면 통합 가능한 쪽의 교섭력이 높아지게 됨.

- **대체재와의 경쟁:** 대체재가 많으면 수익력이 감소하게 됨.

• **상황 적합 이론**

　객관적인 결과로서의 조직 유효성을 중시하며 상황과 조직 특성 간의 적합한 관계를 규명하고자 하는 이론. 상황 이론은 조직과 환경 또는 기술과의 관계를 중요시한다.

• **형태적 학습 이론**(자극-반응)

　자극과 반응의 연상에 의한 학습으로 연습이나 경험에 의한 행위의 변화를 가져온다는 이론.

구분		외부 전략적 요소	
		O (기회요인)	T (위험 요인)
내부 전략적 요소	S (강점요인)	SO상황: 내부강점을 기회에 활용하는 전략 (성장 위주의 공격적 전략)	ST상황: 내부강점으로 위험을 극복하는 전략 (다각화 전략)
	W (약점요인)	WO상황: 기회를 활용해 약점을 극복하는 전략 (전략적 제휴, 우회전략)	WT상황: 약점과 위협을 동시에 극복하는 전략 (방어적 관리)

▶ 상황분석을 위한 도구(SWOT 분석: Strengths, Weaknesses, Opportunties, Threats)

제품 수명 주기	BCG 영역	PPM	전략
도입기	Question Mark	개발사업	구축(육성, 성장), 수확 혹은 철수
성장기	Star	성장사업	구축(육성, 성장) 및 성장전략
성숙기	Cash Cow	수익주종사업	유지 혹은 수확전략
쇠퇴기	Dogs	사양사업	회수 혹은 철수전략

▶ 자원 분배의 도구

- **Question Mark, 물음표(문제아):** 시장 점유율은 낮으나 높은 성장률을 보이고 있는 지역으로 현금 투자가 요구된다.
- **Star, 별:** 시장에서 높은 성장률은 강력한 경쟁적 위치를 확보하고 있으므로 이윤 및 시장 점유율을 유지하는 데 중점을 두고 재투자될 성장기에 위치한 제품이다.
- **Cash Cow, 현금 젖소:** 시장에서 높은 시장 경쟁으로 낮은 성장률을 가지고 있는 성숙기에 처해 있는 경우로 시장 기반이 잘 형성되어 있으므로 원가를 낮추어 생산하여야 한다.
- **Dogs, 개:** 낮은 성장률과 낮은 시장 점유율을 가지고 있으므로 점차 처분되어야 한다.

※ 파괴적인 혁신의 기본 원칙

- 과잉 충족된 고객 또는 소비하지 않은 고객 및 소비하지 않은 상황을 공략하라.
- 레드오션이 된 기존 고객의 시장에서의 전쟁은 피만 흘린다. 그래서 매력적으로 보이지 않는 시장을 발굴하여 블루오션으로 만들어야 한다.

제품과 서비스를 이용하지 않고 고객과 상황에 집중하여 원인과 이유를 찾아 공략한다.

필요로 하는 핵심적인 기능의 제품으로 승부를 걸어라(편리함, 적합한 기능, 가격 수용성, 접근 용이성).

경쟁자들과 다른 것을 하라(차별성인데 고비용을 투자하지 않고 남과 다름을 추구하라).

• **혁신 추진의 전제**

기존에 수행하고 있는 사업 중에서 핵심과 비핵심을 가리고 핵심 사업을 철저히 관리하고 통제하는 것이 우선이다. 실적이 저조한 사업과 자산 정리로 고려해 보고 잘나가는 사업, 즉 수익성이 좋은 사업을 잘 운영하고 쇠락하는 사업은 빨리 처분하는 결정을 하는 것이 좋다.

• **미래 성장을 위한 계획을 수립**

- 성장 목표치를 설정하라.
- 균형적이고 객관적인 혁신 사업 포트폴리오를 선정하라.

- 혁신 스케줄 표를 만들어라.
- 혁신이 성공할 잠재력이 높은 사업 영역 리스트업을 해라.

※ 사회적으로 해 봐야 할 것들은 아래 두 가지이다.
- 사업자등록증 만들기(법인, 개인) 선택: 인터넷 국세청에 상세히 나옴.
- 브랜드 개발(상표 등록): 특허로에 직접 할 수 있게 다 해 놓음.

대행 서비스를 이용해도 되지만 수수료가 비싸고 직접 해 보면서 처음에는 어렵더라도 저렴하게 본인이 직접 찾아서 하는 방법으로 경험을 해 봐야 한다.

본인이 적당한 때를 찾아서 실질적으로 직장에 다니면서 회계 분야가 아니면 잘 모르는 경우가 많은데 인터넷에서 내용을 찾아서 직접 해 보는 거랑 대행 서비스를 이용하는 것과는 큰 차이가 있다.

※ 팀장이란 팀원들의 업무에 대해서 책임을 지는 자리이다.
본인이 성과를 다른 팀원보다 더 잘 내서 '내가 제일 잘났어.'라는 마인드로 하려면 혼자 해라. 팀원이 필요가 없다. 팀원들을 바보 만드는 행위일 뿐이다.

• **팀장의 조건**
- 논리적으로 생각할 수 있는 사람이 팀장이 되어야 한다. 문제를 명백히 정의하고 해결을 해야 한다.
- 주도적으로 일하는 사람이 팀장이 되어야 한다. 대부분의 일은 되

게끔 하는 것보다 자기방어가 우선이기 때문이다.

- 하고 싶은 일과 해야 하는 일을 잘 조합해야 한다. 내 커리어 개발과
  회사 니즈의 정점을 잘 찾는 사람이 더 좋은 성과를 만들어 낸다.
- 어려운 사항을 계속 피하는 사람은 안 된다.
- 팀장은 축구로는 미드필더이다.

지금 저축보다 더 중요한 건 지식을 쌓고 새로운 걸 익히는 '공부'를 해야 하는 것이다. 배우고 익혀야 선택할 수 있는 기준이 생기고 세상 돌아가는 흐름을 알 수 있다. 배워서 생각이 달라지고 지식이 생기면 몇 배의 가치를 얻게 된다.

경제학

경제학은 선택의 기술을 가르치는 학문이며 합리적인 선택을 하는 생각의 틀을 키워 주는 학문이라고도 할 수 있다.

• 경제 원칙

최소의 비용을 투자해 최대의 효과를 내는 것을 목적으로 하는 최소 비용, 최대 효과의 원칙이다.

"공짜 점심은 없다."라는 말은 미국의 경제학자 폴 새뮤얼슨이 한 말로 모든 경제적 선택에는 대가가 따라온다는 것이다.

• 기회비용

어느 하나를 선택함으로써 포기하는 쪽의 가치이다.

편익<기회비용 → 합리적 선택

편익<기회비용 → 비합리적 선택

• 매몰비용

이미 지출해서 회수할 수 없는 비용이다. 매몰비용의 함정은 미래에 이익보다는 손해가 날 것으로 예상되는 상황에서도 지금까지 들인 비용과 노력, 시간 등이 아까워서 사업을 포기하지 못하고 계속 수행하는 것이다.

· **경제객체**

　경제활동의 대상이 되는 것으로 재화와 서비스가 있다.

· **재화**

　인간에게 효용을 주는 물리적인 것으로 자동차나 책상은 물론 공기나 전기와 같이 눈에 보이지 않는 것도 포함하는 개념이다.

· **서비스**

　형체는 없지만 가치가 있어서 돈을 지불하는 것으로 '용역'이라고도 한다(본인 집의 가사 노동이나 자원봉사의 노동은 포함 안 됨).

· **경제주체**

　경제활동을 하는 개인이나 집단으로 가계, 기업, 정부가 있는데 최근에는 국외도 포함된다.

· **가계**

　생산 요소를 기업에 제공하며 소비의 주체이다.

· **기업**

　재화와 서비스를 만들어 내는 생산의 주체이며 생산을 통해 얻은 이윤을 나누어 주는 분배의 주체이다.

• **정부**

세금을 거두어 공공재를 생산한다.

※ 생산의 3요소는 자본, 노동, 토지이다.

• **사회 간접 자본**

철도, 도로, 항만, 전력, 상하수도, 통신처럼 생산 활동에 직접 참여하지는 않으나 생산 활동을 위해서 반드시 필요한 기반 시설이다.

- **스놉 효과**는 "남이 하니깐 나도 한다."의 의사 결정으로 편승 효과라고도 한다.
- **베블런 효과**는 일명 '속물 효과'라고도 하는데, 다른 사람의 소비와 반대로 하는 소비로 자신만의 스타일을 추구하는 것이다.
- **과시 효과**는 사회적, 심리적 영향으로 내 소득 수준보다 높은 가격이 제품을 구입하도록 유도하는 효과로 '전시 효과'라고도 한다.
- **의존 효과**는 광고, 선전 등으로 욕구를 자극하면 소비가 는다는 것이다.
- **투기 효과**는 앞으로 가격이 오를 것으로 예상할 때 투기 이익을 얻고자 수요가 늘어나는 것이다.

• 수요와 공급의 법칙

자유 경쟁 시장에서 수요와 공급이 일치되는 점에서 시장 가격과 균형 거래량이 결정된다는 원칙이다. 수요가 공급보다 더 많은 초과 수요가 발생하면 수요자들 사이의 경쟁으로 가격이 상승하고 수요량은 감소하고 공급량은 증가하여 가격은 내려간다.

- **대체재**는 어떤 재화와 유용성이 비슷해서 대체해서 쓸 수 있는 재화이며 소고기와 돼지고기, 석유와 천연가스로 '이것 대신 다른 거를 사용할 수 있다'의 개념이다.
- **보완재**는 서로 보완 관계에 있어서 한 재화의 수요가 증가하면 다른 한 재화의 수요도 덩달아 증가하는 것이다.
  예시) 자동차와 휘발유
- **기펜재**는 고무신, 연탄 등 가격이 내리는데도 가치가 훨씬 더 떨어져 수요가 오히려 줄어드는 재화이다.
- **위풍재**는 가격이 계속 오르는데도 수요가 줄지 않고 오히려 늘어나는 재화이다.
  예시) 명품 가방, 고급 자동차 등

• 완전 경쟁 시장

시장 범위가 작으며 특정 소비 집단 안에서 독점 효과를 내는 시장으로 미용실, 카센터, 치킨집 등이 이에 속한다.

- 독점 시장

　한 기업이 독점적으로 좌우하는 시장, 한국에서는 가장 큰 기업의 시장 점유율이 50%가 넘으면 독점 시장으로 본다.

- 탄소 배출권

　기업이나 국가의 탄소 배출량을 조사해서 각각 탄소를 배출할 수 있는 권리를 주는 것을 말하며 이는 시장에서 거래할 수 있다. 환경오염이라는 외부 불경제를 줄이기 위해 도입하였다.

　피구세는 외부 불경제를 발생시키는 기업에 부가하는 환경오염세이다(정부의 규제보다 효과가 좋다는 평가를 받고 있음).

- 최저가격제

　정부가 사회적 약자인 공급자를 보호하기 위해 가격 하한선을 정하고 그 이하로는 거래하지 못하게 하는 제도이다.

　예시) 추곡수매제도, 최저임금제도

- 최고가격제

　정부가 사회적 약자인 수요자를 보호하기 위해 가격 상한선을 정하고 그 이상으로 거래하지 못하게 한 제도이다.

　예시) 〈이자제한법(최고 24% 이상은 못 받게 규정)〉 등

· **금융**

　돈을 융통하는 것인데 금융을 통해 돈을 버는 방법은 이자, 배당, 매매차익 3가지가 있다.

· **이자**

　돈을 빌려주고 그 대가로 받는 돈, 은행에 돈을 빌려주고 이자를 받는다.

· **배당**

　돈을 투자하고 이윤을 봤을 때 그 대가로 받는 돈, 주식에 투자하여 그 회사에서 이윤을 올리면 배당을 받는다.

· **매매차익**

　주식이든 펀드든 쌀 때 사서 비쌀 때 팔아 버는 이익, 비쌀 때 사서 싸게 팔지 않는다.

· **금리**

　원금에 대한 이자의 비율이다.

· **신용**

　Credit, 돈을 갚을 수 있는 능력이다.

• 만기

돈을 갚기로 한 기한, 만기가 길수록 돈을 못 받을 위험이 커져서 위험수익률이 높아진다. 그러므로 만기가 길수록 금리가 높아 금액은 얼마나 많은 돈을 빌려주는지 금액이 클수록 돈을 못 받을 위험이 커지므로 금리의 위험수익률을 높게 본다.

아래의 예시는 자연스러운 현상이며 현재 일어나는 상황이다.
예시) 은행의 예금 금리가 1%이다.

- 올해 물가는 매월 2% 이상 오르고 있고 은행에 예금하고 1% 이자를 받으면 물가를 감안하면 손해고 가만히 있으면 돈의 가치만 떨어진다.
- 사람들은 금리가 낮으면 돈의 가치를 보전하기 위해 주식, 펀드, 부동산 등에 투자를 하려고 나서므로 이들의 가격이 오르는 경향이 있다.
- 주식, 부동산 가격이 오르면 사람들이 대출을 해서 투자하기 위해 더 몰려들고, 그러면 주식, 부동산 가격은 더 오른다.
- 저축하는 사람은 별로 없고 투자를 위한 대출은 늘어나니 시간이 경과하면 금리가 오른다.

금리의 단위는 bp라고 1bp=0.01%이다(베이비 스텝: Baby Step, 일반적으로 비피라고 읽음).

25bp 올랐다는 뜻은 0.25% 포인트 올랐다는 이야기이다.

기준금리를 정하는 곳은 한국은행(중앙은행)이며 기준금리를 2달에 한 번씩 발표하며 형태는,

- **동결**: 경제 흐름상 인상/인하가 필요 없을 때.
- **25bp 인상/인하**: 앞으로 경기와 돈의 흐름에 본 영향을 미침.
- **50bp 인상/인하**: 이례적이고 매우 큰 폭의 변화, 돈의 흐름이 크게 변할 수 있음.
- **75bp~1bp 인상/인하**: 2018년 말에 기준금리를 4% → 3%로 1% 포인트 내린 적이 있음.

• **기준금리를 바꾸는 이유**

대출이 늘고 시중에 돈이 너무 많이 돌아다니면 물가가 크게 오르고 부동산이나 주식 가격이 너무 올라서 거품이 커질 수 있으며 경제가 흔들릴 수 있어 한국은행은 과열된 경기를 진정시키기 위해, 시중의 돈을 거두어들이기 위해 기준금리를 인상한다.

시중의 '돈을 거둔다.' 의미는 은행 이자가 높아서 돈을 안 빌리거나 갚는다는 의미.

한국은행은 경기가 침체되고 시중에 돈이 돌지 않으면 기준금리를 인하한다. 기준금리 인하로 한국은행이 돈을 풀어서 소비를 하게끔 유도한다.

은행들이 하루 이틀 초단기 자금이 부족해 서로 간에 급전을 쓸 때

적용되는 금리는 콜금리이다(전화로 즉시 요청한다는 의미).

요즘은 주택담보대출을 할 때 주로 코픽스 금리에 가산금리를 덧붙여 대출금리가 결정되는 경우가 많다. 이 금리는 국내 8개 은행이 제공하는 자금조달 관련 정보를 기초로 산출한 은행의 자금조달비용지수이다.

단기 금리는 3가지 아래 두 가지, 나머지 하나는 콜금리이다.
- **CD 금리 양도성 예금 증서:** 남에게 양도할 수 있는 예금 증서.
- **CP 금리 기업 어음:** 기업이 1년 이내의 단기 자금을 조달할 때 쓰는 단기 기업 어음.

• CMA 통장

고객의 예금을 CP, CD, 단기 국공채 등 단기 상품에 투자해 얻은 수익을 고객에게 돌려주는 상품, 종합 자산 관리 계좌라고도 한다.

급여 이체와 수시 입출금, 자동 납부를 할 수 있고 하루만 맡겨도 이자가 나오며 만기 후에도 자동으로 재예탁되어 이자에 이자가 붙는 복리 상품이다.

단점은 개설하고 관리할 수 있는 증권사의 지점이 시중 은행보다 적고 일반 입출금 통장과 비교했을 때보다는 수수료가 높은 편이다.

- **CMA 통장의 종류**

  - CMA - RP

  RP형은 CMA 통장에 입금된 돈을 국공채, 은행채 등 환매 조건부 채권에 증권사가 직접 투자해 그 수익금을 고객에게 전달하는 상품이라고 한다.

  확정금리로 이율을 보장받아서 투자 손실의 부담이 적다는 특징이 있다.

  - CMA - 종금형

  종금형은 금융회사가 영업 자금 조달을 위해 자기신용으로 융통어음을 발행, 일반 투자자들에게 매출하는 형식의 1년 미만 단기 상품이다. 원금의 손실이 발생할 수 있는 실적 배당형이지만 1인당 5000만 원까지 예금자 보호가 되는 게 특징이다. 하지만 수익률이 낮고 종합 금융 업무 인가를 받은 증권사만이 취급할 수 있어서 가입 절차가 까다롭다.

  - CMA - MMF

  MMF형은 증권사가 관리하는 게 아니라 자산운용사들이 만들어 파는 금융 상품이다.

  CMA에 가입해서 내가 투자한 돈이 자산운용사에게 전달되어, 자산운용사가 직접 투자해 수익금을 고객에게 지급하며, 확정금리가 아닌 변동금리가 적용되어서 실적에 따라 배당 차이가 있다. 그래서 보통 안정성보다 수익성에 중점을 둘 계획이면 RP형보다 MMF형을 추천한다.

- CMA - MMW

MMW형은 증권사가 신용등급 AAA 이상인 한국증권금융 등 우량 금융 기관의 단기 금융 상품에 투자한 후 그에 따른 수익금을 고객에게 전달하는 구조이다. 일일 정산 후, 익일 원리금(원금+이자)을 다시 투자해 복리 효과를 볼 수 있는 것(월 복리)이 가장 큰 특징이며 예금자 보호가 되지 않고 다른 상품에 비해 수익이 낮지만, 높은 우량 금융 기관의 단기 상품에 투자하기 때문에 비교적 안정적이다.

• 은행의 건전성을 나타내는 지표

예대율은 은행의 예금 잔액에 대한 대출금 잔액의 비율.

대출이 예금보다 더 많으면, 즉 은행의 예대율이 높은 상태에서 경기가 위축되고 대출 횟수가 적으면, 금융시장이 경색되고 금리가 급등하며 은행이 위기에 빠질 수 있다. 예대율이 높으면 힘들다. 일반적으로 선진국은 80% 전후이다.

• BIS 자기자본비율

국제결제은행(BIS)이 정한 자기자본비율의 기준이다.

자기자본비율은 은행의 위험자산 총액 대비 자기자본이 차지하는 비율을 말한다. 최소한 8%는 되어야 위기에 대처할 수 있다고 본다.

- **금융 기관 종류**
  - **제1금융권:** 국민은행, 우리은행, 하나은행, 신한은행, 한국시티은행, 스탠다드차타드은행
  - **제2금융권:** 저축은행중앙회, 신협, 우체국, 보험 회사(생명보험사, 손해보험사), 새마을금고
  - **제3금융권:** 제도권 밖의 대부업체, 사채업체
    제1, 제2금융권에서 돈을 조달받지 못한 사람들이 찾는 곳: 러시앤캐시, 산와머니 등

〈이자제한법〉상으로 이자를 연 24%까지만 받을 수 있으며 어기면 형사 처벌 대상이다.

기본적으로 돈을 빌릴 때는 제1금융권을 꼭 쓰도록 해야 한다.
이자율이 제1금융권에서 제3금융권으로 갈수록 많이 높다(대출은 최대한 자제 필요).

※ 제2금융권, 제3금융권을 권하거나 하는 사람들은 거의 사기꾼이라고 보면 된다. 돈을 잘못 빌려서 이자가 원금보다 높아져 갚아도 끝이 없어서 자살한 이까지도 간혹 뉴스에 나온다.

- **채권**
  정부나 은행, 주식회사가 증권시장에서 돈을 빌리고 발행하는 것이다.

채권시장에는 발행시장, 유통시장이 있다.

- **발행시장**: 채권을 처음 신규로 발행하는 시장.

  예시) 아파트를 처음 건설해서 분양하는 것.

- **유통시장**: 이미 보유한 채권을 거래하는 시장.

  예시) 아파트에 입주해서 살다가 중간에 팔거나 살 수 있는 것.

주식하고도 연관 있음.

경기가 과열되어 거품이 심각하면, 큰돈들이 주식시장 등에서 한발 먼저 수익을 실현하고 빠져나와 채권 등의 안전한 시장으로 옮긴다. 그러면 주식시장은 더욱 하락하게 된다.

우리나라의 경우 외국인들이 달러를 가지고 원화로 바꾼 뒤 주식, 채권, 부동산에 투자하며 경제가 침체할 기미가 보이면 환금성이 좋은 주식부터 팔게 된다.

• **인플레이션(Inflation)**

통화량의 증가로 화폐가치가 하락하고, 모든 상품의 물가가 전반적으로 꾸준히 오르는 경제 현상이다.

• **인플레이션의 원인**

- **수요 인플레이션(Demand-pull inflation)**: 수요는 크게 늘어나는 데 그것에 맞추어 공급량이 늘지 않기 때문에 일어나는 현상이다.

- **비용 인플레이션(Cost-push inflation)**: 제품의 생산 비용이 오르면

제품 가격도 함께 올라서 전반적인 물가가 모두 오르는 현상이다. 단순한 수요의 이동이나 공공요금의 인상, 저생산성으로 인한 공급의 부족 등도 인플레이션의 원인이다.

• 인플레이션의 영향

- 월급을 받는 직장인들은 손해를 본다. 물가가 오른 만큼 월급을 올려 주면 다행이지만 대부분 그렇지 않아 소득 격차가 심해지고 빈익빈 부익부 현상이 일어나 사회가 불안정해지는 원인도 된다.
- 상품값이 비싸지면 더 비싼 값으로 수출해야 하니 수출이 잘 이루어지지 않는다. 또 국내 물건값이 비싸지면 수입 물품을 쓰는 사람들이 늘어난다.
- 화폐가치가 시간이 갈수록 떨어지게 되면 저축을 할 경우 손해를 볼 수 있기 때문에 저축하는 일이 줄어들고 은행은 자금이 안 들어오니 자본 부족으로 대출이 줄어들게 되고 경제 성장에 지장을 주게 된다.

• 인플레이션 해결 방안

- 물가를 내리기 위해서 돈을 줄이거나 상품 공급량을 늘려야 한다. 만약 물가 상승의 원인이 특정 산업의 생산이 적기 때문이라면 그 분야의 생산성을 높여 주고, 유통 구조의 개선 등으로 공급량을 늘려 줘야 한다.
- 디플레이션 정책을 쓰기도 한다. 디플레이션 정책이란 통화량을

줄이고 수요도 억제하고 재정 지출을 축소하여 물가를 안정시키는 정책이다.

· **한국은행(중앙은행)의 금융 정책**

물가가 갑자기 오르고 주식, 부동산 가격도 너무 오른다 싶으면 거품이 갑자기 꺼져 경제가 큰 충격을 받는 것을 미리 막기 위해, 시중의 돈을 거두어들인다.

· **경기 침체기**

- 기준금리 인하 – '주식 매도 신호'

- 지급준비율[2] 인하

- 공개시장에 돈 풀기

- 총액한도대출 늘리기

· **경기 활황기**

- 기준금리 인상

- 지급준비율 인상

- 공개시장의 돈을 거두기

- 총액한도대출 줄이기

---

2) 은행이 고객으로 받은 예금 중에서 중앙은행에 의무적 적립해야 하는 비율

• 정부의 경기 조절 정책

정부는 예산을 계획하고 세금을 거두어들여 집행하는 기관으로 정부의 살림을 재정이라고 하고 정부의 경기 조절 정책을 재정 정책이라고 한다.

재정 정책에는 확대 재정 정책, 긴축 재정 정책이 있다.

• 확대 재정 정책

세수(국민에게서 조세를 징수하여 얻는 정부의 수입)보다 더 많은 재정 지출을 집행하는 것(감세 정책 – 세금 인하).

• 긴축 재정 정책

재정 지출을 줄이는 것(세금 인상 – 소득세나 재산세 인상).

화폐 수요의 결정 요인으로는 물가 수준, 국민소득 수준, 이자율 등이 있다.

물가 수준이 높을수록 화폐 수요량이 커지고 물가 상승률이 클수록 화폐 수요량은 작아진다. 물가 상승률이 높을 때 화폐가 상대적으로 더 나쁜 가치 저장의 수단이기 때문이다.

국민소득의 증가로 거래적 동기에 의한 화폐 수요량이 증가한다.

– 이자율 상승: 현금은 이자가 붙지 않으므로 투기적 목적의 화폐 수요량이 줄어든다.

· 환율

 두 나라 화폐 사이의 교환 비율을 환율이라고 하며 이에 대한 변화
는 상품과 자본의 국제 거래에 큰 영향을 미친다.

· 기축통화

세계 각국에서 통용될 수 있다는 의미, 미국의 달러화.

 환율이 상승하면 달러 대비 원화 가치 하락.
 환율이 하락하면 달러 대비 원화 가치 상승.

 환율은 외환이라는 상품의 가격인데 환율 역시 외환의 수요와 공급
에 의해 결정된다.

· 외환시장

 외환의 수요와 공급이 만나 환율이 결정되는 곳. 국내 경기가 좋으
면 국민소득이 올라가고 외환에 대한 수요가 더 커져 환율이 올라가
게 된다. 반면에 국내 이자율이 상승하면 외환이 공급이 늘어 환율이
내려간다.

· 반덤핑 관세

 외국 기업이 덤핑(고의로 싸게 수출)을 하고 있다는 의심이 가는 경우,
이로 인해 국내 기업에 돌아가는 피해를 막기 위해 부과되는 관세.

· **상계관세**

　다른 나라 정부가 자기네 수출 기업들에 지급하는 보조금의 효과를 상계하려는 목적에서 부과되는 관세.

· **수입할당제**

　어떤 상품에 대해 수입할 수 있는 최대한의 양을 정해 놓고 그 이하로 수입하는 것만을 허락하는 제도.

　- 관세 부과와 같은 효과: 수입품 가격 상승, 국내 기업의 생산량 증가.
　관세 수입 대신 수입허가서를 갖고 있는 업자가 얻는 이득(할당 지대)
　발생. 나쁜 품질의 상품을 비싼 가격에 수입하게 될 가능성이 큼.

· **수출 자율 규제**

　수입하는 나라의 정부가 수출하는 나라의 기업에 압력을 가해 자율적으로 수출 물량을 줄이도록 유도하는 정책. 조금만 수출하는 대신에 가격 상승이 가능해 수출 기업의 수익성이 호전될 수 있음. 그러나 수입품 가격이 상승한다는 점에서 수입 할당제, 관세 부과의 효과와 비슷하기도 함.

· **자유무역지역(FTA)**

　참가하는 나라 사이에서는 모든 관세가 철폐되지만 속하지 않은 나라에서 들어오는 상품에 대해서는 각 나라가 원하는 대로 무역 규제를 가할 수 있음.

• **관세동맹**

참가국 사이에 모든 관세가 철폐되는 것은 물론, 이에 속하지 않는 나라에서 들어오는 상품에 대해 동일한 관세를 부과하는 것이다.

국내산이 수입산보다 비싼 이유는 우리나라 닭, 돼지의 주 사료는 옥수수이다. 이걸 먹여야 살이 잘 찐다.

- **닭**: 병아리에서 닭이 되어 잡기까지 45일.
- **돼지**: 새끼에서 돼지가 되어 잡기까지 3개월.

이 옥수수는 해외에서 수입해서 사료로 먹여야 하는데 우리나라 자체 공급이 부족하다. 그렇게 되려면 우리나라 도로 근처가 다 옥수수 밭이 되어야 한다. 그런데 사실상 그렇게 되기가 힘들다. 아무리 값싸게 길러도 사료의 값이 오르면 닭이든 돼지든 가격이 오른다.

(국내산 닭값+수입산 먹이+수입산 먹이 운송비/수입산 닭값+수입산 먹이)

물론 공급이 수입보다 훨씬 더 많은 것 또한 영향이 있다.

경제를 알면 이처럼 다양한 것을 사업에도 활용하는 것이 가능하다.

또, 한 가지로 예를 들면 옥수수알을 가지고 전분(밀가루) 과당(식용유)을 만들 수도 있다. 그냥 '이런 내용이구나.' 하는 게 아니라. 적용을 어떻게 하느냐가 관건이다.

세상에는 여러 가지 방면을 기존의 학문으로 적용할 수 있다. 개인의 상황마다 다르고 그러한 점을 잘 캐치하는 눈을 가지고 많은 올바른 것을 보길 바란다.

유통학

· 유통

  최초의 생산 단계에서 산출된 재화가 최종의 소비자에게 전달되기까지의 과정을 유통 경로라고 하며, 이러한 과정을 정태적 상태에서 바라보는 것을 유통이라고 한다.

  유통은 넓은 의미에서는 화폐, 선물, 금, 은 등의 경제주체들 사이에서 사회적으로 이전하는 것을 말한다. 단순한 의미로는 재화(상품)의 유통이라고 한다.

· 유통 기능의 보조자

- **제조업자:** 소비자가 원하는 제품을 생산하여 최종소비자가 사용하는 데에 있어서 시간적인 차이가 없어야 한다.
- **도매업자:** 제조업자와 소매업자 간의 사이를 연결하는 역할을 하는 것을 주 업무로 한다.
- **소매업자:** 제조업자나 도매업자로부터 구입한 재화를 최종소비자에게 판매하는 것을 주된 목적으로 한다.
- **운송업자:** 제조업자와 도매업자 사이의 거리, 제조업자 또는 도매업자와 소매업자 사이의 공간적인 차이를 해소시키기 위하여 운송로에 따라 운송을 담당하는 자를 말한다.

- **금융업자와 보험업자**: 금융업자는 자금을 대여함으로써 유통 기능을 원활하게 하며 보험업자는 유통과정 상재화에 대한 화재나 사고 등으로 인하여 발생할 수 있는 재산상의 손실을 보전함으로써 안전한 유통 업무를 보장한다.

- **중간상의 필요 원칙**
  - **총거래 수 최소의 원칙**

    유통 경로에서 중간상이 개입함으로써 거래 수가 결과적으로 단순화, 통합화되어 실질적인 거래 비용이 감소한다.

  - **분업의 원칙**

    유통업에서도 제조업에서와 같이 유통 경로상 수행되는 수급 조절, 수·배송, 보관, 위험부담 및 정보 수집 등을 생산자와 유통 기관이 상호 분업의 원리로 참여한다면 보다 사회적 경제성과 능률성이 향상된다.

  - **변동비 우위의 원칙**

    유통 분야에서는 제조업과는 다르게 변동비의 비중이 상대적으로 커서 제조 분야와 유통 분야를 통합하고 판매하여 큰 이익을 기대하기 어려우므로, 무조건 제조 분야와 유통 분야를 통합하여 대규모화하기보다는 제조업자와 유통 기관이 적당히 역할을 분담한다면 비용 면에서 훨씬 유리하다.

  - **집중 준비의 원칙**

    중간상보다는 도매상의 존재 가능성을 부각시키는 원칙으로, 도매상은 상당량의 브랜드 상품을 대량으로 보관하기 때문에 사회 전체적으로 보관할 수 있는 양을 감소시킬 수 있으며, 소매상은 소량의 적정량만을 보관함으로써 원활한 유통 기능을 수행할 수 있다는 원칙이다.

• **유통 경로 결정의 영향 요인**

  - **제품의 특성**

    제품의 기술적 복잡성이 높고 서비스 요건이 충족되어야 하며, 부패성 내지는 유행성이 강하거나 표준화되지 않아 제품의 단가가 비싸거나 평균 수준의 규모가 큰 경우에는 직접 유통의 정도가 높다.

  - **시장의 특성**

    시장의 범위가 좁아 구매자 수가 적고, 구매자가 집중되어 있으며, 구매 패턴, 즉 구매 빈도가 높은 경우에는 직접 유통 형태를 택한다.

  - **기업의 특성**

    기업의 규모와 자본력이 크거나 제품 계열이 넓고, 신제품을 적극적으로 개발하려는 경우나 경영자의 경험이 풍부한 경우에도 직접 유통의 경향이 높다.

  - **중간상의 특성**

    바람직한 유형의 도소매상이 없거나, 있다고 하더라도 그 이용 가능성이 없는 경우에는 직접 유통을 하거나 새로운 유통 형태를 개발하게 된다.

- 경쟁적 특성

경쟁업자와 경쟁력 차별화를 위해 직접 유통을 하기도 한다.

· 도매상

전형적인 중간상으로 제조업체나 납품업체로부터 상품과 서비스를 구매하여 소매상을 대상으로 분산 판매하는 자.

· 도매상의 마케팅 전략

- 제품 구색과 서비스 결정 전략

도매상은 항시 소매상의 주문에 대응하여 상품 구색과 서비스 수준을 결정하여야 한다. 재고 수준에 대하여는 A, B, C 분류 방법에 따라 수익성 있는 상품을 구분하여 수익성을 유지하는 데 주안점을 둔다.

- 가격 결정 전략

도매상은 제조업체와는 달리 원가 산정 방식에서 소요 비용과 일정 마진율을 가산하여 가격을 결정하게 된다. 또한 제조업체나 소매상과 같이 거래의 규모나 시기에 따라 매출 증대와 재고 처분을 위해 가격 할인이나 가격 인하를 단행하는 경우가 있다.

- 판촉 결정 전략

도매상의 판촉 전략은 최종 소비자를 대상으로 하는 것이 아니기 때문에, 제조업체나 소매상에 비해 판매를 위한 판촉 활동이 더

뒤떨어진다. 따라서 주로 인적 판촉 수단이나 소매상 판촉에 주력하게 되고, 도매상가나 도매센터에서는 공동 판촉이 수행되는 경우가 많다.

- 입지 · 상권 결정 전략

도매상은 최종 소비자를 대상으로 하는 영업이 아니기 때문에 입지 · 상권 전략은 도심이나 철도역 등지의 중심 상가 지역이 아니어도 무방하다. 대체로 임대료가 싸거나 도매단지가 조성된 교외 지역이나 도시 변두리 지역에 입지를 선정하는 경우가 많다.

• 도매상의 기능

- 제조업자를 위한 도매상의 기능

시장 담당 기능, 판매 접촉 기능, 재고 유지 기능, 주문 처리 기능, 시장 정보 기능, 소비자 지원 기능.

- 소매상을 위한 도매상의 기능

제품 공급 기능, 구색 제공 기능, 소량 분할 기능, 신용 및 재무 기능, 소매상 지원 기능, 조언 및 기술 지원 가능.

• 카테고리 킬러(CK: Category Killer)

일정의 전문품 할인점 또는 전문 양판점이며. 주요 특징은 소비자의 라이프 스타일 변화에 따라 기존 종합 소매상 취급 품목 중 특정 제품 계열에서 전문점과 같은 깊은 상품 구색을 갖추고 저렴하게 판매하는 것이 원칙이다. 대량 구매와 대량 판매, 낮은 비용으로 저렴한 상품 가격을 제시한다.

※ 대량으로 구매할수록 원가는 내려간다.

• **프랜차이즈 시스템**(Franchise System)

뒷장에 가서 프랜차이즈에 오래 근무한 사람으로서 좀 더 특별하게 설명하겠다. 나중에 프랜차이즈 사업을 하실 분은 꼭 보길 바란다.

프랜차이즈 시스템은 프랜차이저가 프랜차이지에게 프랜차이저의 상호, 상표, 노하우 및 기타 기업의 운영 방식을 사용하여 제품이나 서비스를 판매할 수 있도록 허가하는 것을 말한다.

프랜차이저는 본사, 본부, 가맹점주 등으로 부르고, 프랜차이지는 지점 혹은 가맹점이라고 부른다.

프랜차이저는 계약의 주체로서 프랜차이지를 모집하여 사업을 수행하는 역할을 하며, 프랜차이지를 선정하여 특정 지역마다 사업의 동반자 혹은 대리인으로 영업할 권한을 허용해 준다.

프랜차이지는 프랜차이저의 상호 등을 사용하는 권한을 갖기 위해 가입금, 보증금, 로열티 등을 지불하고 프랜차이저의 경영 지도와 지원으로 양자 간의 계속적인 관계가 유지된다.

• **프랜차이저의 장점**

- 사업 확장을 위한 자본 조달이 용이하다.
- 공동으로 대량 구매를 하기 때문에 대규모의 경제를 달성할 수 있다.
- 판매 촉진 활동으로 공동으로 광고를 하면 개별 점포의 경우보다

많은 광고를 할 수 있으며 높은 광고 효과를 기대할 수 있다.

- 프랜차이저는 직접 경영에 참여하지 않기 때문에, 프랜차이즈 사업 상품 개발에 전념할 수 있다.

- 노사 문제에 있어서 프랜차이저는 프랜차이지가 각각의 피고용자를 조정하기 때문에 노사 전문가를 채용하는 문제에 신경 쓸 필요가 없다.

· **프랜차이저의 단점**

- 계속적인 지도와 원조 때문에 비용과 노력이 소모되기 쉽고, 프랜차이지의 수가 급격히 증가할 경우에는 통제의 어려움이 있다.

- 프랜차이저가 프랜차이지보다 우월한 지위를 갖는다는 사고방식 때문에 시스템 전체의 활력이 없어질 우려가 있다.

- 프랜차이저가 스스로 점포를 확장하는 것보다 투자 수익률은 높지만 이익의 크기 자체를 크게 증가시키는 것은 어렵다.

· **물류의 중요성**

물류는 특정한 재화나 용역을 적절하게 이동, 위치시키는 행위를 뜻한다.

물류의 합리화는 유통 흐름의 효율적 향상으로 물류비를 절감할 수 있고 기업의 체질 개선과 소비자 물가와 도매 물가의 상승을 억제하고 지역 경제가 발전할 수 있는 원인이 되므로, 인구의 대도시 집중 현상을 막을 수 있다.

• 물류 기능

수송, 배송, 보관, 포장 및 하역 기능으로 이루어진다.

물류의 판매 촉진 기능은 좋은 제품, 적당한 가격, 좋은 품질, 정량, 좋은 인상, 적시(올바른 시간), 적당한 장소에 의해 목적을 달성한다.

• 물류 아웃소싱

기업이 고객 서비스의 향상, 물류비 절감 등 물류 활동을 효율화할 수 있도록 물류 기능 전체 혹은 일부를 외부의 전문 업체에 위탁, 대응하는 업무를 말한다.

• 아웃소싱의 효과

- 제조업체가 물류 아웃소싱을 추구할 때, 그 업체는 전문화의 이점을 살려 고객 욕구의 변화에 대응하여 주력 사업에 집중할 수 있게 된다.
- 물류 공동화와 물류 표준화가 가능하다.
- 물류 시설 및 장비를 이중으로 투자하는 데 따르는 투자 위험의 회피가 가능하다.
- 기업의 경쟁 우위 확보 및 사회적 비용의 절감과 국가 경쟁력 강화에 기여할 수 있다.

• 제3자 물류(3PL: Third Party Logistics)

물류 경로 내의 다른 주체와 일시적이거나 장기적인 관계를 가지고 있는 물류 경로 내의 대행자 또는 매개자를 의미한다. 또한 화주와 단일 혹은 복수의 제3자가 일정 기간 동안 일정 비용으로 일정 서비스를 상호 합의하에 수행하는 과정을 말한다.

• **데이터 마이닝**(Data Mining)

데이터 마이닝이란 대규모의 데이터베이스로부터 과거에는 알지 못했던 것을 쉽게 이해할 수 있도록 실행, 가능한 정보를 추출해 내어 중요한 의사 결정에 이용하는 과정을 의미한다.

영업, 고객 관리 및 매출 등으로 얻어진 여러 DB 안의 데이터들을 정제하여 하나의 데이터 웨어 하우스에 저장하고, 이 데이터를 기초로 예전에 알지 못했던 데이터들 간의 규칙을 찾아낸다.

• **전자 문서 교환**(EDI: Electronic Data Interchange)

전자 문서 교환은 각종 행정 및 상거래 문서를 서로 간 합의된 표준을 사용하여 컴퓨터 간의 통신을 통해 교환하는 것을 말한다.

EDI는 서류 작업을 축소하고 실시간 자료의 전송으로 일관성이 증가하고 정확히 데이터를 전송할 수 있으며, 서류 정리 작업에 필요한 관리자의 수와 인건비를 절감할 수 있다.

조직 내부나 조직 간에 일어나는 활동을 관리하기 용이하게 하고 불필요한 활동을 제거하여 업무의 효율성을 구축할 수 있다.

적절한 시기에 빠른 정보를 제공받음으로써 고객에게 서비스 제공 시간을 단축할 수 있고 판매자와 고객 사이의 반품이라든가 주문 시간을 줄일 수 있다는 장점이 있다.

• **상권 분석**

상권이란 한 점포가 고객을 흡인할 수 있는 지역 범위를 말한다.

• **입지의 개념**

점포가 소재하고 있는 위치적인 조건으로 일반적으로 상권의 크기, 교통망, 고객층, 점포의 자세 및 지형과 밀접한 관련을 맺고 있다. 입지 선정 시 학교, 관공서, 재래시장 등이 있으면 고객이 유입이 원활하다.

• **입지 선정의 주요 요인**

- 지하철역에서 300m 이내의 범위에 있으며, 버스 정류장에서 100m 이내이고, 버스 노선이 5개 이상인 지역에 입지를 선정해야 한다.
- 편도 2차선 이상의 도로가 있는 상권 입지로 삼거리 이상의 도로의 200m 이내이면서 동일 업종이 없는 점포가 좋다.
- 입지의 해당 지역이 상업 지역으로 용도가 변경되거나, 인근 아파트의 재개발 및 재건축이 임박한 곳에 적합한 업종의 입지를 선정해야 한다.

• **노면독립입지**(Freestanding Sites)

　노면독립입지란 여러 업종의 점포가 한곳에 모여 있는 군집입지와 달리, 전혀 점포가 없는 곳에 독립하여 점포를 운영하는 형태이다.

　독립 지역은 다른 소매업체들과는 지리적으로 떨어진 지역을 의미하며, 통상적으로 독립 지역에 위치한 소매점은 다른 소매업체들과 고객을 공유하지 않는다(하이마켓, 슈퍼센터 대형 할인점, 월마트 등으로 주차 공간의 공간성을 높인다).

• **상품에 의한 상점의 종류**

　– 편의품점

　　일반인들이 언제 어디서든 시간과 장소에 제약 없이 쉽게 구매할 수 있는 생활필수품을 판매하는 점포로, 주로 보통 도보로 10분에서 20분 이내에 도착할 수 있는 곳에 입지해야 하며 고객들이 주로 이동하는 길목의 위치가 좋다.

　– 선매품점

　　대부분의 선매품은 고객이 상품의 가격, 스타일 등을 여러 상품과 비교하여 최종 구매를 결정하는 상품을 말한다. 교통수단과 접근성이 좋아야 한다.

　– 전문품

　　(고급 양복, 고급 시계, 고급 자동차 등) 비싸고 특정한 상표만을 수용하려는 구매 특성을 찾으려고 하기 때문에 구매에 비용을 아끼지 않는다. 빈번하게 구매되는 제품이 아니며 마진이 높다.

- **상점의 분류와 입지 유형**
  - **집심성 점포**

    입지 조건: 상권이 도심의 중심지에 입지하는 것이 유리하다.

    종류: 백화점, 귀금속점, 고급 음식점, 고급 의류점, 대형 서점 등.

  - **집재성 점포**

    입지 조건: 동일 상권 내에 동일한 업종이 서로 한곳에 모여 입지하여야 유리하다.

    종류: 은행, 보험회사, 가구점, 중고 서점, 기계점 등.

  - **산재성 점포**

    입지 조건: 동일 상권 내 혹은 다른 상권으로 서로 분산 입지를 하고 있어야 유리하다.

    종류: 잡화점, 이발소, 세탁소, 대중목욕탕 등.

  - **국부적 집중성 점포**

    입지 조건: 일정한 지역에 동종 업종끼리 국부적 중심지에 입지하고 있어야 경영상 유리하다.

    종류: 농기구점, 철공소, 비료점, 어구점, 석재점 등.

※ 무인점포의 조건

- 임대료는 월 100만 원 이하에 15평 이내일 것.

- 권리금이 없는 곳이어야 할 것.

- 주변에 1천 세대 이상의 아파트 인근 상가일 것.

- 상가 앞 도로는 편도 2차선 이하일 것.
- 근처에 학교 또는 학원가가 있을 것.
- 주변에 중견급 규모 이상의 마트가 없을 것.
- 반경 100m 이내에 경쟁 업체가 없을 것(단, 편의점은 제외).

마케팅은 영리·비영리 조직이 현재 잠재적인 최종소비자를 포함하는 시장의 고객을 만족시켜 줄 수 있는 재화와 서비스를 제공하기 위하여 계획, 가격 결정, 판매 촉진, 유통을 수행하는 기업 활동 시스템이다.

현대적 마케팅은 소비자의 장기적 복지 증진과 증대를 추구하며, 전사적·통합적·선행적 마케팅을 추구한다. 일관성 있고 소비자에게 만족을 주기 위해 기업의 모든 활동은 마케팅 부문을 중심으로 통합되며, 소비자의 욕구 만족을 위한 선행적 마케팅이다.

• **마케팅 믹스(Marketing MIx)**

마케팅 믹스는 목표 시장에서의 기업의 목적을 달성하기 위해 통제 가능한 마케팅 수단, 도구, 변수 등을 적절하게 배합하는 것이다.

특정 시점에서 기업이 활용하는 마케팅 변수의 양과 종류를 나타내며 기업이 통제할 수 있는 마케팅 변수는 4P로 표현한다.

- **제품(Product):** 품질, 성능, 포장, 상표 등.
- **가격(Price):** 정가, 할인, 대금 결제 조건 등.
- **장소(Place):** 경로, 입지, 재고 등.

– 촉진(Promotion): 광고, 인적 판매, 홍보, 판매 촉진 등.

- **제품 시장 확장**
  - **시장 침투**

    기존 시장에 기존 제품의 판매를 증대하는 기존 시장 심화 전략.

    제품의 시장 성장률을 증대하기 위하여 제품 도입 초기에 저가를 설정하는 정책.

    대중적인 제품이나 수요의 가격 탄력성이 높은 제품에 많이 이용.

    수요의 가격 탄력성이 커서 저가격이 충분히 수요를 자극.

    경쟁자는 아직 규모의 경제를 실현할 수 없어 시장 진입이 어렵다.
  - **시장 개발**

    신시장에 기존의 제품을 판매.
  - **제품개발**

    기존 시장에 신제품을 판매.

- **신제품 개발 프로세스**

  아이디어 창출 → 아이디어 심사 → 콘셉트 개발 및 테스트 → 시장 전략/사업 분석 → 제품 개발 → 시장 테스트 → 시장 진입/상용화.

- **머천다이징**(MD: Merchandising)

  제조업자나 유통업자가 시장 조사 결과를 바탕으로 적절한 상품의 개발, 가격, 분량, 판매 방법을 계획하는 일이다.

· **머천다이징 프로세스**

　시장 정보 분석 → 니즈 분석 및 표적 시장 설정 → 머천다이징 콘셉트 설정 → 상품 구성 및 운영 계획 수립 → 가격 결정 → 시제품 개발 및 품평 → 생산 → 유통 및 마케팅 → 평가 및 피드백.

· **STP 전략**

　고객들을 세분화(Segmentation)하고, 세분화된 고객을 타깃(Targeting)으로 하여, 적절한 포지셔닝(positioning)을 진행하는 전략으로 고객들의 공통된 특성을 분류하고, 시장의 특성에 맞는 표적 시장을 선택하고 집중하는 전략이다.

· **ABC 관리 방식**

　기업이 관리하고자 하는 상품의 수가 많아 모든 품목을 동일하게 관리하기가 어려울 때 이용하는 방법이다. 이 방식은 재고 관리나 자재 관리뿐만 아니라 원가 관리, 품질 관리에도 이용할 수 있다.

　- A 그룹

　전체 재고량의 10% 정도, 금액 비중은 70% 정도이다.

　신중하고 집중적인 재고 관리를 실시한다.

　- B 그룹

　전체 재고량의 20% 정도, 금액 비중은 20% 정도이다.

　보통 수준의 재고 관리를 실시한다.

- C 그룹

전체 재고량은 70% 정도, 금액 비중은 10% 정도이다.

단순한 재고 관리를 실시한다.

• **투빈법**(Two-bin Method)

나사와 같이 부품의 재고 관리에 많이 사용, 주로 저가품에 사용. 두 개의 상자에 가득 채워서 1개의 상자가 없어질 때까지 사용하고 1개의 상자가 없으면 추가 발주하는 방식.

• **JIT 시스템**(Just In Time, 적기 공급 생산 시스템)

필요한 상품이 필요한 시기에 즉시 도착하기 때문에 재고의 유지가 필요 없거나 극소량의 재고를 유지함으로써 재고 관리 비용을 획기적으로 줄일 수 있는 시스템이다.

예시) 맥도날드 햄버거를 생산 과정 중에 미리 만들어 놓지 않고 손님이 주문하면 패티를 바로 굽고 빵을 굽고 소스 드레싱을 뿌리는데 이때 여러 사람이 붙어서 일제히 한 제품을 만든다.

예시의 방식은 물론 재고도 최소화하기 위함이지만 품질 면에서도 시간이 오래된 거보다 우수하다.

- 비가격 판매 촉진
  - 프리미엄(Premiums)

    백화점의 화장품 매장에서 화장품을 일정 금액 이상 구입하면 화장품 가방 또는 여행용 가방 등 함께 지급한다고 진열된 것을 말한다.
  - 견본품(Product sampling)

    무료로 나눠 줌으로써 신제품의 브랜드를 인지하도록 촉진하는 것.
  - 콘테스트(Contest)

    콘테스트는 소비자가 상품을 타기 위해 자신의 능력을 활용하여 경쟁하도록 하는 판매 촉진 방법. 제품을 구매하거나 콘테스트 설문지나 고객 카드 작성.
  - 시연회(Demonstration)

    시연회는 고객의 눈앞에서 실제로 상품을 보여 주는 것(우위성을 납득).

- 가격 판매 촉진
  - 가격 할인

    가격 할인은 해당 제품에 대해 경제적인 측면에서 가격을 할인해 줌으로써 소비자들에게 직접적인 구매 동기를 부여할 뿐만 아니라 즉각적인 상품 구매를 유도한다.
  - 쿠폰(Coupon)

    쿠폰은 그것을 소지한 사람에게 어떤 이익이나 선물을 주기 위해 인쇄 매체의 형태를 띠고 유통되는 것을 말한다.

– 리펀드(Refund)

리펀드는 소비자가 구매하는 시점에서 즉시 현금으로 돌려주는 형태. 신제품 구매 유도 및 브랜드 전환을 유도할 목적으로 활용.

– 리베이트(Rebate)

리베이트는 소비자가 해당 제품을 구매했다는 증거를 제조업자에게 보내면 구매 가격 일부분을 소비자에게 돌려주는 것을 말한다.

• SCM(Supply Chain Management)

SCM은 공급 사슬 관리라고 하며 부품 공급업체와 생산업체 그리고 고객에 이르기까지 거래 관계에 있는 기업들 간 IT를 이용한 실시간 정보 공유를 통해 시장이나 수요자들의 요구에 기민하게 대응하도록 지원하는 것이다.

• 채찍 효과

공급 사슬의 구성은 공급자, 생산자, 도매상, 소매상, 소비자로 나누어지는데 최종소비자로부터 멀어지는 정보는 정보가 지연되거나 왜곡되어 수요와 재고의 불안정이 확대되는 현상이다. 왜곡 현상으로 재고는 많아지고 고객에 대한 서비스 수준이 떨어지고 생산 계획의 오류, 수송상의 비효율 등과 같은 악영향이 발생한다.

• 공급자 재고 관리(VMI: Vendor Managed Inventory)

유통업체나 재고업체에 판매와 재고에 관한 정보를 제공한다. 제조

업체가 이를 토대로 과거 데이터를 분석하고 수요를 예측하고 상품의
적정 납품량을 결정하는 시스템이다.

수요량 예측 후 생산으로 재고 관리의 비용 절감 효과가 있다.

· **공동 재고 관리**(CMI: Co-Managed Inventory)

제조업체와 유통업체가 서로 공동으로 재고 관리를 하는 시스템이다.

· **VMI와 CMI의 차이점**

VAI는 제조업체가 바로 발주 확정을 하면 유통업체로 상품 배송이
되고 CMI는 상호 협의하여 발주를 확정한다는 점이다.

· **매출 공식**

순 매출 = 총매출 / 1.1(총매출에서 부가가치세 10%를 뺀 금액)순
매입 = 총매입 + 부대비용(운송비, 창고비 등)

달성률(%) = 금년실적누계 / 목표실적누계 × 100

신장률(%) = 금년실적누계 / 전년실적누계 × 100-100

매출 = 객수(고객 수) × 객단가(고객 1인당 평균 매입액)

목표 매출액 공식 - 매출액 증가율 이용해서 목표 매출액 구하는 공식

= 금년도 매출액 × (1+전년 대비 매출액 증가율)

예시) 2020년 목표 매출액을 구하시오.

2018년 매출액: 8억 원, 2019년 매출액: 10억 원

10억 × [1 + (10억 - 8억) / 8억] = 10억 × 1.25= 12.5억(전년 상

승 대비)

　매출원가 = 기초재고 + 순매입액 – 기말재고

　매출 총이익 = 순 매출 – 매출원가

　평균재고자산 = (기초재고 + 기말재고) / 2

- **재무회계를 목적으로 하는 경우**

　원가의 3요소 → 재료비, 노무비, 제조 경비

　– **재료비:** 매입한 재료 중에서 제품의 제조를 위해서 소비된 재료의

　　원가.

　– **노무비:** 임금, 급여 등 제품 제조를 위해 투입된 노동력의 대가.

　– **제조 경비:** 재료비나 노무비로 분류되지 않는 모든 제품의 제조 원

　　가 요소.

- **손익계산서 계산식**

　손익계산서는 일정 기간에 있어 기업의 경영 성과를 나타내는 재무

제표이다.

　– 매출 총손익 = 매출액 – 매출원가

　– 영업손익 = 매출 총손익 – 판매비와 관리비

　– 경상손익 = 영업손익 + 영업외수익 – 영업외비용

　– 법인세비용차감전 손수익 = 경상손익 + 특별이익 – 특별손실

　– 당기순손익 = 법인세비용차감전 순손익 – 법인세비용

예시)

포괄손익계산서

	제 71기	제 72기
매출액	31,900,418	26,990,733
매출원가	21,089,798	18,818,614
매출총이익	10,810,829	8,171,919
판매비와관리비	5,798,005	5,452,740
영업이익	5,012,624	2,719,179
금융수익	3,327,905	1,247,640
금융비용	1,980,411	1,531,417
자문법투자 관련 손익	(36,279)	22,633
기타영업외수익	84,773	88,179
기타영업외비용	171,575	113,575
법인세비용차감전순이익	6,237,037	2,432,639
법인세비용	1,478,123	423,561
당기순이익	4,758,914	2,009,078

- **손익분기점**(BEP: Break- Even Point)

제품의 판매로 얻은 수익과 지출된 비용이 일치하여 손실도 이익도 발생하지 않는 판매량이나 매출액을 말한다. 즉, 손익분기점에서는 공헌이익 총액이 고정 원가와 일치하여 영업이익이 0이 된다.

손익분기점은 CVP 분석에서 영업이익이 0이 되는 하나의 점으로 CVP 분석의 일부분이라 할 수 있다.

- **매출액**

= 매출액 × 변동비율 + 고정원가

판매량 × 단위당 판매가격

= 판매량 × 단위당 변동원가 + 고정원가

총수익 = 총비용

단위당 변동비 = 전체 변동비 / 생산량

손익분기점 = 고정비 / [1- (변동비 / 매출액)]

매출액 – 변동비 = 공헌이익

공헌이익 / 매출액 = 공헌이익률

- **고정비**

  판매량과 관계없이 들어가는 비용.

- **변동비**

  판매량이 늘어남에 따라 비례하게 늘어나는 비용.

- **손익분기점 판매량**

  = 총고정비용 / [가격(매출단가) - 단위당 변동비용]

  = 총고정비용 / 단위당 공헌이익

  ※ 몇 개를 팔아야 본전인가?

  손익분기점 매출액 = 총고정비용 / 1- [단위당 변동비용 / 가격(매출단가)]

= 총고정비용 / 공헌이익률

※ 매출이 어느 정도여야 본전인가?

- CVP 분석

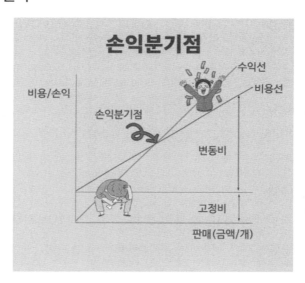

예시) 다음 자료를 이용하여 손익분기점 판매량을 계산하면 얼마인가?

판매가격 4,000원 / 단위

변동제조원가 1,500원 / 단위

변동판매비와관리비 1,200원 / 단위

총고정제조간접원가 2,340,000원

답: (4,000-1,500-1,200)Q= 2,340,000원

1,300Q = 2,340,000원

Q = 1,800원

예시) 연간 임차료 1,000,000원인 매장에서 개당 500원짜리 장난감을 1,000원에 팔 경우 손익분기점 매출액은 얼마인가?

답: 1,000,000원 / (1-500원/ 1,000원) = 2,000,000원

- **비율 분석(공식은 생략)**

재무제표 항목 간의 비율을 계산하여 정보를 얻는 과정. 안정성 지표, 수익성 지표, 성장성 및 활동성 지표가 있다.

- **안정성 지표**

일정 시점에서 자산, 부채, 자본의 균형 상태를 분석하여 기업의 재무적 안정성을 파악(유동비율, 부채비율, 차입금 의존도, 영업이익대비, 이자보상비율).

- **수익성 지표**

기업의 경영 정책과 의사 결정의 결과로 나타난 경영 성과를 나타내는 지표로 얼마나 효율적으로 관리되고 있는가를 나타내는 종합적인 지표이다(매출액 영업이익률, 매출액 순이익률, 총자산 순이익률, 자기자본 순이익률, 재고투자 수익률).

- **성장성 및 활동성 지표**

기업의 당해 연도 경영 규모 및 기업 활동의 성과가 전년도에 비

하여 얼마만큼 증가하였는가를 보여 주는 지표이다(매출액 증가율, 당기 순이익 증가율, 영업이익 증가율, 자산 회전율, 총자산 증가율).

노무

용역과 노동력을 총칭하는 것으로 기본적으로 알고 있는 것을 알려주려고 한다.

사용자(대표)와 쓰이는 자(근로자) 이렇게 나뉘는데 본인의 능력 및 실력에 따라 바뀌고 대한민국이 노동 착취, 부정부패했던 것들을 줄이기 위해 노력을 엄청나게 하며 고용노동부에서 노사 부조리까지 신고센터를 만들 정도로 잘 되어 있다. 어지간한 거는 규정에 맞게끔 하지 않으면 처벌 대상이 된다. 물론 그렇게 강화해도 분위기가 이상한 곳은 더러 있는 곳도 보았다. 무조건 걸러야 한다. 괜히 스트레스 쌓여큰 병이 생기는 것보다 낫다.

성인 기준 근로자로서 알아야 하는 것이 기본적으로 1일 8시간, 주 40시간을 기본으로 하며 추가 근무에 대해서는 1주 최대 근로 시간 52시간을 초과할 수 없다(법정 근로 40시간+연장 근로 12시간).

단, 회사에서 탄력적 근로 시간을 도입하는 경우 예외적으로 주 52시간 초과 근무 가능.

18세 미만 연소근로자의 1주 최대 근로 시간은 40시간으로 단축(일반적인 형태).

(현행: 1일 7시간, 1주 최대 35시간 초과 불가, 근로자의 동의와 노동부 장관의 인가가 있을 시 1주일에 연장 5시간을 하도록 가능, 48시간 범위 내에서)

주휴수당은 1주 근로 시간이 15시간 이상인 경우 청구할 수 있다. 근로 시간은 소정 근로 시간을 의미한다.

※ 소정 근로 시간 = 근로 시 근로자와 사용자 사이에 근로하기로 정한 근로 시간.

특히 아르바이트생이 많을 거라고 보는데 계산하는 법은 다음과 같다. 1주 15시간 이상 근무했을 시 시급 × 1.2배, 23년 시급 9,620원 × 1.2 = 시급당 11,544원(주휴 수당 포함)

4대 보험은 국민에게 발생하는 사회적 위험을 보험의 방식으로 대처함으로써 국민의 건강과 소득을 보장하는 제도이다. 4대 보험은 국민연금, 건강보험, 고용보험, 산재보험을 말한다.

• 4대 보험 가입 기준
일반 근로자는 4대 보험 가입 의무, 일용 근로자는 고용보험, 산재보험 가입, 프리랜서는 4대 보험 가입 제외되며 3.3%의 소득세(3% 소득세, 0.3% 지방소득세만 발생한다.)

프리랜서는 사업자등록증을 가지고 있지 않으면서, 소속과 고용 관계없이 부정기적으로 업무를 수행하는 사람.

– 환급 절차: 일반 근로자는 연말정산 진행(4대 보험은 환급 제외)
프리랜서는 매월 5월 종합소득세 신고(소득세는 환급 대상)

- 모든 근로자가 의무가입이 아닌, 보험별 요건을 만족할 시 가입을 하게 된다.
- 국민연금은 한 달 60시간 근무자 또는 60시간 미만 근무자거나 3개월 이상 근무한 경우
- 산재보험은 모든 근무자가 의무가입, 건강보험과 고용보험(실업급여)은 한 달 60시간 이상 근무자가 꼭 가입해야 한다.

4대 보험은 근로자와 사업주가 부담(4대 보험료율)한다.
국민연금은 총보수월액 × 9% 중 4.5% 각각 부담한다.
의료보험은 총보수월액 × 7.09% 중 3.545% 부담(장기요양보험료는 총 12.81% 중 50%씩)한다.
고용보험(산재보험) 총 보수월액 중 기업별로 상이 중소기업 기준으로 근로자 0.65%, 사업주는 0.90% 부담한다.
산재보험은 %는 업종별로 상이하며 사업주만 부담한다.

퇴직금은 퇴직하는 근로자에게 계속 근로 기간 1년에 대해 30일 이

상의 평균 임금을 퇴직금으로 지급하고 정규직, 계약직, 아르바이트 상관없이 1년 이상 근무 시 지급 대상이며 만약 1주일 소정 근로 시간이 15시간 미만이면 퇴직금 수령 대상이 아니다.

• **퇴직금 계산법**

　퇴직 전 나의 3개월 임금 총액(세전) / 3개월의 날짜 수 = 1일 평균 임금

　1일 평균 임금 × 30일 × (재직 일수 / 365일) = 퇴직금

　중간 정산도 가능하다.

　- 무주택자가 본인 명의로 집을 사는 경우

　- 주거를 위한 전세금 보증금 부담

　- 개인회생, 천재지변 등

　- 5년 이내에 근로자가 파산 신고를 받은 경우

　- 본인, 배우자, 부양가족 중 요양이 필요한 경우

　사업주의 경우 고용한다고 마음먹었으면 근로계약서를 2부 작성하여 꼭 교부한 뒤에 일을 진행해야 한다.

　미작성 및 미배포 시 500만 원 이하 벌금이 부과되며 기간제, 단시간 근로자도 동일하다. 근로계약서는 임금, 근로 시간, 휴일, 연차, 유급 휴가 등의 내용을 명시하며 작성하며 고용노동부에서 배포하는 표준근로계약서를 참고하면 쉽게 쓸 수 있다.

퇴사도 마찬가지, 반드시 꼭 퇴사서를 받아라(해당 일자 작성 꼭 필요 및 본인 서명).

퇴사를 했는데 퇴사서를 안 써서 불필요한 임금을 지급하는 것도 많이 보았다. 만약에 퇴사서를 안 썼다면 문자로 통보하여 확인 캡처해서 증거로 남겨 놓자(무단 퇴사에 답도 없다면 문자로 정중히 퇴사 확인 3번 문자를 보내고 증거로 남겨 놓자).

※ 무단 퇴사로부터 1개월 뒤 퇴사 확정 가능하다.

예전에는 사업주가 악덕 사업주도 많았지만 점점 법이 보편화되어 가면서 근로자가 악용하는 경우도 많이 발생되니 이를 참조하길 바란다. 기본적인 것만 지켜도 노무 법적 문제의 틈이 생기지 않는다.

※ 면접 볼 때도 아무리 급해도 신중하게 뽑아라. 무조건 당일 채용하지 말 것.

• 5인 미만 사업장에 적용되는 규정(사업자는 제외)
  - 최저 임금 지급
  - 해고 시 30일 전 해고 예고, 그렇지 않으면 해고 예고 수당 지급
  - 주 1회 이상 유급 휴일 보장
  - 계속 근로연수가 1년 이상 근로자가 퇴직 시 퇴직금 지급
  - 근로계약서 작성 및 교부

• **5인 미만 사업장에 적용되지 않는 것들**(일반적 매장 운영)

5인 미만 사업장은 1일 8시간, 1주 40시간이라는 법정 근로 시간 제한이 적용되지 않는다. 주 40시간 초과 근로에 대해서 가산 임금을 지급할 의무도 법적으로는 없다.

- 각종 가산수당(연장, 야간, 휴일근로) 미발생
- 연차 미발생
- 부당 해고 구제 신청 불가(정당한 이유 없이도 해고 가능)
- 휴업수당 미발생
- 근로 시간 제한 규정 적용 제외

일반적으로 포괄임금제를 많이 실시하여 이를 계산해 보자.

예시) 월급이 300만 원이다. 연봉은 3,600만 원.

(300만 원 × 12개월)

연장 근로 포함 52시간일 때

주 기본 시간: 1일 8시간 × 5일 = 40시간

월 기본 시간: 1일 8시간 × 주 5일 × 4.345주 = 209시간

4.345주 = (365일 / 12개월) / 7일

예시) 내용은 12시간이 연장된다.

월 209시간(기본 시간) + 월 12시간(연장 수당) = 221시간

시간급은 300만 원 / 221시간 = 13574.66원 = 13,575원

기본급: 13,575원 × 209시간 = 2,837,175원

연장 근로: 13,575원 × 12시간 = 162,900원

기본급 + 연장 근로 / 월 급여: 2,837,175원 + 162,900원 = 3,000,075원

• **연봉 인상률 확인**

[(인상 후 / 인상 전 - 1) × 100%] 또는 (인상 후 - 인상 전) / 인상 전 × 100

예시) 연봉이 6000만 원이었는데 6600만 원으로 인상되었다.

연봉 인상률은? (6,600 - 6,000) / 6,000 × 100 =10% 인상

자신이 받아야 하는 정당한 돈이 몇 퍼센트 인상되는지 정도는 알아야 한다.

연봉 협상을 할 때도 타 업계 비례, 물가 상승률(매년 4% 이상 상승), 이전 인상률 등 일반적으로 잘 모르는 경우가 파다하고 관심을 꼭 가져야 하는 부분이다.

연봉 협상에 대해 좀 이야기하고자 한다.

일반적으로 매년 1번씩 연봉 인상이 된다. 직장인의 경우 여러 복지가 뒷받침되어 주기도 하지만 복지가 개인적으로 혁신을 가져온 것은 배달의 민족 회사라고 생각하며 일부 기업들도 그것을 본받아 진

행하였다. 이전에 다녔던 회사 복지 중 책 월 2권 사기(만화책 제외), 월 1회 치킨 데이, 생일에 다 같이 축하하기(케이크 및 상품권 증정), 수첩, 필기도구, 과자 등이 있는데 자세히 보면 다 이유가 있다. 책을 읽으라는 것은 회사 입장에서는 개인 발전이 곧 회사도 같이 발전된다는 것이다. 매일 사람이 바뀌지는 않는다. 치킨 데이의 경우 치킨 회사이기에 타 브랜드 것을 먹어 보고 영감을 가지고 일을 하라는 의미이고 생일에 다 같이 축하하기는 일반적으로 같은 회사 내에도 다 같이 모이는 자리가 없기에 1시간이라도 모여서 서로 이야기를 하면서 의지를 북돋아 주는 역할을 한다. 사람은 여럿이 있으면 경쟁하기 마련이기도 하고 뭉쳐서 잘해 보자는 의미도 있는 거 같다.

이러한 것들이 의미가 있냐? 분명히 있다. 회사를 오랫동안 잘 다니지 못하는데 이러한 회사는 오래 다녔던 거 같다.

이런 회사에 다니면서 경쟁심은 확 달아오르고 개인 발전은 미친 듯이 하고 성과도 역시 많이 이루어졌었다. 기본적으로 아이디어를 잘 받아 주고 가능성이 크면 바로 실행하도록 해 주는 분위기로 회사는 상승세였고 영업 이익이 64억에서 105억까지 발전했다.

인원을 확 늘렸냐? 아니다. 기존보다 3명~4명 정도 늘었지, 사람을 많이 늘린다고 매출이 좋은 것은 아니다. 확실히 으쌰으쌰 무언가 시너지가 회사 전반적으로 바뀌는 게 맞다. 데이터로 확실히 나온다.

연봉 협상을 잘 하기 위해서는 평소에 본인이 했던 일이나. 성과를 냈던 점을 어필하는 게 중요하다.

- 자신을 객관화해야 한다. 실적을 수치화하여 분석해서 성과를 금액으로 환산하는 것이 효과적이다.
- 미리 계획을 세워라. 부족한 부분을 인정하고 수정하며, 잘하는 부분은 더 발전시키는 노력을 기울여라. 변화하는 사회에 적응이 빨라야 한다. 일에 쫓기는 게 아니라 일 위에 있는 날까지 노력해야 한다는 뜻이다.
- 직장에서 성과를 내고 인정받아 자신의 평판을 높여야 한다.
- 6개월 단위로 본인의 업무 및 성과에 대해 정리하고 추가적 계획을 세워서 실행한다는 것을 표출해야 한다.

직장 생활이든 사업이든 지속적으로 본인의 능력을 발전시키지 않으면 도태된다. 실질적으로 '내가 이걸 혼자 할 수 있을까? 좀 더 빠르게 될까? 가능할까?'에 대해 많은 고민을 하고 될 때까지 하길 바란다. 어디든 경쟁 사회라 뒤처지면 있던 능력도 감퇴된다.

프랜차이즈

-헌사-

    프랜차이즈에 입사하고 여러 가지 일을 겪고 어느덧 10년이 넘었다. 대한민국에서는 외식업에 대한 인식이 전문화되었다기보다 비전문성인 사람이 운영하는 경우가 파다한 경우가 많아 전문성에 대한 인정을 하지 않는 경우가 많다. 이 책 내에 필자의 노하우를 전부 전할 것이며 이 책을 통하여 프랜차이즈 내 어떠한 파장이 일어날지는 모르나 발전된 모습을 기대해 본다.

    프랜차이즈 사업을 하려면 가맹사업등록을 진행하여야 한다.

사업자등록증: 법인 정관 작성 및 행정 절차 필요

업태: 도매 및 소매업, 건설업, 서비스, 전문 디자인업

종목: 프랜차이즈 가맹업 및 상품 종합 중개

인테리어 공사

농수축산 유통 및 식자재 유통

창업 및 경영 컨설팅

인테리어 디자인업

이렇게 다 등록되어야 프랜차이즈를 했을 때 운영하기가 쉽다.

- **가맹사업등록증(공정거래위원회)**

  가맹계약서 및 정보공개서 등록 – 상표등록, 가맹등록, 본사설립, 납품의 형식 결정, 수익성 창출 및 제고, 납품 시스템 구축, 홈페이지 제작, 마케팅 지원 및 영업 시스템 구축

  기본적으로 영업팀, 물류팀(구매팀), 회계팀, 운영팀(교육팀), 인테리어팀 이렇게 구성된다.

  ※ 인테리어를 하는 것은 표준화 및 특허 신청 등록을 하는 것이 좋다.

  가맹금 예치계좌 개설 및 가맹점 사업자피해 보상보험 가입, 서울보증보험 등에서 가맹점 사업자피해 보상보험 계약을 체결한다면 가맹금 직접 수령 가능하다.

- **프랜차이즈 메뉴 개발, 매뉴얼 구축**

  원재료 개발, 상품 서비스 개발, 금융 지원, 경영 관리

- **가맹점 모집 전략 및 홍보 방안 전략**

  네이버 광고, 다음 광고는 기본이며 프랜차이즈 박람회, 창업설명회 등

- 조직 구조의 4요소

  - **전략적 상층부**

    조직 전체의 운영을 책임지고 있는 최고 경영층이며 조직의 대표로서 대외적인 관계를 주로 담당한다. 최고 경영층이 행사하는 힘은 직접 감독에 의해 집권화하기도 하고 조정을 통하여 힘을 발휘하기도 한다. 조직의 힘이 이곳에 집중되면 조직은 단순구조 형태가 된다.

  - **중간라인**

    전략적 정점층과 핵심 운영층을 연결하는 계층이며 현장의 정보를 위로 전달하고, 최고 경영층의 결정을 실무 부분에 전달해 주는 역할이다.

  - **핵심 운영층**

    조직의 실질적인 산출물을 생산해 내는 계층이며 중앙의 공식화, 표준화된 규정에서 가능한 한계를 벗어나 자신들의 논리대로 자율적으로 생산 활동을 하는 방향으로 힘을 작용한다.

  - **지원 스태프**

    주요 과업이 원활하게 원활하게 이루어질 수 있도록 주변의 여건을 조성해 주는 계층이다.

업무를 진행할 수 있도록 환경 조성 및 적재적소에 배치해야 한다. 필자는 과장 때 업무 외에도 중간관리자의 정의, 팀장의 정의를 직속 상관이 물어보기도 하고 진급을 하였을 때도 소감 이런 것도 진부하게 했는데 평소에 외우고 다녀서 다행이었던 기억이 난다. 중간관리자란 세부적인 계획을 세우고 실행에 옮기고 관리, 감독하는 자이다. 팀장이란 팀원들의 업무에 대해서 책임을 지는 자리이다.

소감은 진급한 만큼 권한, 책임, 의무가 높아진 만큼 나 자신도 높아지겠다고 이야기했다. 사실상 별거 없는 내용이지만 회사와 관련해 잘 모르는 사람이 있어서 언급하겠다.

기업을 성에 비유하자면 사람은 돌담이다. 성을 이루는 돌담은 커다란 돌만으로는 쌓을 수 없다. 커다란 돌들 사이에 작은 돌이 몇 개씩 채워져 있기에 돌담은 견고하게 성을 지탱할 수 있는 것이다

특히 프랜차이즈 본부가 가장 주력으로 보는 것은 전용 상품이다. 이유는 가맹사업의 수익과 직결되어 있는 부분이고 전국적으로 프랜차이즈의 사업에 레시피가 통일된 상태에서 동일한 맛을 추구하기에 중요하다.

일부 프랜차이즈는 가맹점 매출액의 몇 %를 받는 곳도 있는데 가맹점 판매가(본사매입가 + 마진)로 본사 프랜차이즈를 운영하는 곳이 더 많다. 본사의 운영비로 사용되는데 현재는 폭리가 어렵다. 사유는 이미 시장 단가가 어느 정도 정보 공유가 되는 사항이고 너무 과한 수준이 아니라면 본사에서 받아 쓰는 것을 추천한다.

저렴하게 구매했다고 하더라고 배송비를 생각하면 비슷하다. 필자는 프랜차이즈의 편이라기보다는 중립으로 가맹점에서는 프랜차이즈와의 법적 계약을 하였고 그 내용 또한 본사의 제재를 받기에 본사의 전용 상품을 구매하는 게 맞다고 생각한다. 제품에 문제가 있으면 본

사 지침에 따라 반품 및 환불을 요구하면 된다. 가맹점이 없으면 본사 프랜차이즈도 망하지만 거꾸로 본사 프랜차이즈가 없으면 가맹점이 망하는 사실은 분명하다.

• 본사 물류 구조에 대해 알아보자.

기본적으로 어느 정도 가맹점이 갖추어지면 3PL(삼자물류)을 이용하게 되는데 물류 부분의 전부 혹은 일부를 물류 전문 업체에 아웃소싱하는 것으로 배송, 보관, 유통 등 물류 기능을 종합적으로 제공하는 물류 서비스를 말한다.

• 프랜차이즈의 3PL 형태

프랜차이즈의 물류 형태에 따라 수익 구조가 많이 변경되는데 프랜차이즈 내 물류팀 또는 구매팀 내 많은 경험자가 있으면 유용하다. 해당 경력자는 구매뿐만 아니라 운영까지 생각할 수 있는 자면 금상첨화이다.

프랜차이즈 : 물류 수익구조

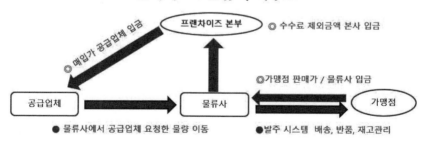

1. 물류계약 : 프랜차이즈 본부/ 공급업체
2. 가맹계약 : 프랜차이즈 본부/ 가맹점
3. 공급업체에 누가 매입가를 주는 가에 따라 수익의 차이 발생 : 매입마진 금액 – 수수료 제외금액 의 차액
4. 위 그림은 프랜차이즈 일반적 형태로서 3번 내용 해당함

구매만 했던 사람은 일반적으로 가맹점 입장에 대해 생각하지 않는 경향이 있으며 필자의 경우도 일방적인 본사 프랜차이즈, 갑의 입장에서만 생각하는 경우를 많이 보았다.

초기 단계부터 심화 단계까지 나눌 수 있는데 단계는 가맹점 수로 진단하는데 30개 이하를 초기 단계로 설정하고 100개 이하를 중간 단계, 200개 이하를 심화 단계라 가정해 보자. 초기 단계는 대행이 어려울 수 있는 부분이라 배송까지도 프랜차이즈에서 하는 경우가 파다하며 3PL의 물류 대행을 하더라도 높은 수수료로 인하여 해당 프랜차이즈는 마진이 엄청 낮게 들어가야 해서 운영 자금이 부족하여 프랜차이즈 본사는 마이너스가 된다고 할 수 있겠다. 중간 단계부터 프랜차이즈를 운영하는 데 있어 엄청 중요하다. 100개 정도 되었을 때 얼마나 가맹점 관리에 힘을 쏟았는가가 관건인데 이때 폐점도 확연히 높아지며 가맹점을 얼마나 잘 관리하는지, 중점이 흐트러져서 망하는 프랜차이즈가 허다했다. 관리라는 게 가맹점의 전용 상품 잘 사용하는지 체크하는 것이 아니라 프랜차이즈 본부의 마케팅, 신메뉴 역시 중요함을 잊어서는 안 된다.

두 번째는 가맹점 판매 원가가 너무 높아서 매출은 높은데 가맹점 수익이 낮은 것 또한 폐점이 되는 요인으로 역시 신경 써야 한다. 이때는 수익 구조 개선보다는 가맹점의 안정성에 기여해야 하는 시점이기도 하다.

많은 프랜차이즈가 수익의 유혹을 못 이겨 가맹점의 상황까지 고려하지 않고 점포 개발(점포 늘리기)에 급급하고 가맹점 매출 및 수익 구조까지 신경 쓰지 않는다. 가맹점이 폐점이 늘어나는 시점에는 이미 늦었다고 할 수 있다.

가맹점이 늘어나는 이유 중 하나는 초기 단계 때는 마케팅을 제대로 할 수 없는 시점인데 기존 점주님의 소개, 대표님의 지인인 경우가 가장 많으며 본사 프랜차이즈 내에도 많은 인원을 두고 하기에 본사 프랜차이즈 운영비가 낮기 때문에 최소 인원으로 진행되는데 초기 멤버를 잘 두어야 중간 단계(가맹점 100개 이하)까지 갈 수 있다.

외식업 프랜차이즈 가맹점으로 엄청난 수익을 얻는 시점은 초기 단계에 있는 가맹점이라 할 수 있다. 아이템이 특별하여 프랜차이즈를 하는 경우가 발생하는데 경쟁이 없는 레드오션이므로 가맹점이 자체적으로 소문만 잘 내면 수익이 높은 경우가 많다.

우리나라 1개의 프랜차이즈당 가맹점 수는 한정적인데 이유는 땅덩어리가 한정적이고 많아지면 고객 나눠 먹기 형태가 되어 편의점처럼 한 편의점에 고정적으로 갈 이유가 없어지기 때문이다. 중간 단계(가맹점 100개 이하) 프랜차이즈는 초기 단계보다 고급 전략을 선택해야 하며 라디오 광고, SNS(인스타그램, 페이스북)의 브랜드 홍보 및 가맹점 홍보에 앞장서야 한다. 물류 구조도 간접 물류에서 직접 물류로 가는 방향을 선택하여 중간상이 있는 것을 허용하지 않고 본사 프랜차이즈에서 직접 운영을 함으로써 물류비를 절감하여 프랜차이즈 본부와 가맹점에 혜택이 올 수 있도록 해야 한다.

물류를 가장 잘하는 방법은 도매시장을 확인하고 자료를 수집한 후 공급업체(거래처)와의 협상을 잘하는 것이다. 협상에 대해 이야기하자면 주어진 가격이 있지만 그 제품의 사용량(구입량)에 따라 달라지며 본인의 카드를 어떻게 잘 쓰는지가 관건이다. 상대방의 입장을 생각하고 신뢰적인 관계를 형성하여 진행됨이 올바른 경우라 하겠다. 협상에 중요시되는 요소는 결정의 시간, 시장성, 자금, 신뢰성, 보장성 등 여러 가지를 겸해야 하는데 여기서 말하는 신뢰성이란 이전에 이용을 했는데 제대로 된 진행의 검증 부분이라 할 수 있으며 협상 시 말을 많이 하는 것보다는 팩트 체크가 중요하며 해결책이 될 만한 요소가 있는지도 체크해야 하는 사항이라고 할 수 있다. 협상이 안 되었을 경우 이후에 피해가 가지 않도록 미리 대처 방안을 마련하여 실행이 바로 되어야 한다.

필자의 경우 물류팀장으로 일을 진행했을 때 타당성을 내세워 상대방을 설득하고 가격을 재협상하여 누구나 수긍하는 단가로 진행하였다. 타당성이란 합리성, 시장성, 가격, 구매성 등의 요소 구성 확인을 말한다.

프랜차이즈 본부와 공급업체(거래처)는 갑과 을의 관계가 형성되는데 무조건 매입가(프랜차이즈 본사에서 공급업체에 사는 가격)을 낮게 한다고 좋은 것은 아니다.

대한민국은 매년 최저시급이 오르고 원자재 물가 가격이 평균 4%씩 오르는 데 본사 프랜차이즈만 커지고 공급업체(거래처)도 같이 커지는 관계가 되지 못하면 해당 공급업체(거래처)는 버티지 못하고 나가떨어지기 때문이다. 이때쯤은 새로운 업체를 구한다고 하더라도 뾰족한 수단이 보이질 않을 것이다. 공급업체(거래처)의 가격에 대한 고충도 인정 범위 안에서는 인정해야 한다. 상황에 따라서 적정한 관계 유지로 시장가격보다 저렴하고 신뢰가 가는 공급업체(거래처)는 같이 일관되게 나가야 한다.

일반적으로 협상은 회사 내 높은 직위에 있는 사람이 하는데 많은 것을 복합적으로 생각해야 하기 때문이다.

• 프랜차이즈 본부의 마지막 단계인 심화 단계이다.

200개 정도의 가맹점이 생기면 본사도 어느 정도 힘이 생기는데 이힘이란? 물류를 바꿀 수 있는 힘, 최소 내부 안정을 시킬 수 있는 힘, 회사 발전 도모, 추가적인 사업 등 여러 가지 방향이 나온다. 여기에 잊지 말아야 할 포인트는 현장 중심으로 경영이 이루어져야 하는데 일부 프랜차이즈 들은 가맹점과 말로만 상생을 외치며 현실은 가맹점의 상태를 점검하지 않는 경우가 많다. 사유는 이러하다. 가맹점 관리 감독하는 데는 비용이 들어가는데 이 부분을 절감하는 본사가 있으면 바로 망하는 지름길이다. 가맹점이 어려우면 본사 지원을 통한 가맹점과 같이 매출을 높이는 방향으로 이루어져야 한다.

예를 들어 보자. 가맹점에서 배달의 민족 안테나를 하나 지원했을 경우 본사에는 어떤 효과가 올까? 개당 안테나 비용 8만 8천 원으로 가정했을 때 가맹점의 매출은 얼마나 늘 것인가? 5%만 잡아도 평균 서울, 경기 지역 매출 5천, 지방 매출 3천이라고 보았을 때 250만 원, 150만 원이 나올 것이다. 매출을 높이면 본사 물품을 그만큼 사용해야 하기 때문에 본사는 물품 마진으로 8만 8천 원보다 더 큰 이익이 발생하는데 상생이라 한 방향만 좋아지는 것이 아니라 쌍방향으로 좋아지는 것이다.

반드시 생각해야 할 것은 가맹점이 없으면 본사도 혼자 잘난 페이퍼 회사가 된다. 가맹점은 프랜차이즈의 수명이라 할 수 있다.

- **모든 프랜차이즈 회사가 망하지 않는 방법에 대해 설명하겠다.**
  - **비즈니스 모델이 아주아주 중요하다.**

    빨리 성장하기 위해서는 시대 흐름을 반영한 차별화 전략이 필수적이다. 하지만 아무리 잘하고 열심히 해도 사업성이 없는 비즈니스 모델이라면 결국 무너진다. 단기적이고 일시적인 유행만 좇으면 금방 무너진다. 지속 가능한 소비 품목이어야 한다. 시장이 원하는 비즈니스 콘셉트를 잘 만들어야 한다.
  - **피보팅(Pivoting)**

    천재적으로 시장이 원하는 비즈니스 콘셉트를 만들었어도 소비자의 마음을 족집게처럼 파고드는 일은 호락호락하지 않다. 최근 밀레니얼 세대들에게 가장 핫한 브랜드 중 하나인 '노티드 도넛도'도 사업 초기부터 성공한 것은 아니었다. 피보팅 과정이 있었다. 필요하다면 시장 반응을 보면서 시장이 원하는 방향으로 개선할 수 있어야 한다.
  - **대표의 경영 역량**

    대표는 경영의 전문가여야 한다. 프랜차이즈의 출발은 소상공인인 경우가 많다. 오랫동안 현장에서 장사 경험을 쌓은 사장들이 프랜차이즈에 도전하는 사례는 무수히 많다. 하지만 대박집 사장 중 프랜차이즈로 크게 성공하는 사례는 매우 드물다. 이유는 업종에 대한 전문성은 있지만 프랜차이즈 시스템에 대한 전문성과 지식이 부족하기 때문이다. 점포 몇 개 성공시키는 능력과 프랜차이즈 시스템을 잘 운영하는 능력은 차원이 다르다. 보다 고차원적인 능력을 요구한다.

- 지속적인 투자

한때 잘했더라도 지속적으로 투자하고 관리하지 않으면 무너진다. 매출이 높아야 가맹점과 가맹 본사의 수익도 높아진다. 많은 가맹 본사가 가맹점을 어느 정도 모집하고 기회 수익이 줄어들기 시작하면 그 브랜드에 대한 투자를 멈추고 다른 신규 브랜드를 만든다. 현금 흐름을 창출했던 주력 사업은 투자도 없이 저절로 굴러가게 두고 성공 여부가 불투명한 신규 사업인 세컨드 브랜드에 많은 투자를 한다. 그 과정에서 주력 사업이 시들어진다.

사업에서 사람과 자금을 거둬들이고 투자를 줄일 때는 그 사업이 망하거나 사라질지도 모른다는 걸 알아야 한다. 운영하는 브랜드가 사라지기를 원하지 않는다면 마케팅, 연구 개발, 시스템 개선에 대한 투자를 멈춰서는 안 된다.

- 샴페인을 너무 빨리 터트려서는 안 된다.

가맹점이 40개, 50개, … 100개 정도 모집되면 성공한 것처럼 생각하는 경영자들이 많다. 이미 성공의 반열에 오른 사람처럼 행동하면서 내 사업에 몰입하는 시간이 점점 줄어드는 게 문제다.

– 조직을 갖춰라.

경영자가 여유를 가지고도 지속 가능한 기업이 되려면 필수 조건이다. 특히 탄탄한 중간관리자층이 중요하다. 각 사업 부문별로 믿을 만한 책임자가 갖춰질 때까지 몰입하기, 조직 문화를 만들고 인재를 확보하고 조직원들과 교류에 많은 시간을 투자하고 집중해야 한다. 좋은 조직 없이 지속 가능한 경영은 없다.

– 트렌드를 흡수하라.

아이템, 마케팅, 경영기법은 성장하고 살아 숨을 쉬기 위해서는 트렌드적인 요소를 흡수해야 한다. 트렌드는 성장에 필요한 산소이다. 산소가 희박하면 숨을 쉬기 힘들다. 사업도 마찬가지이다. 프랜차이즈 사업은 최종 소비자와 창업자 두 계층의 고객이 있으므로 이들 고객의 욕구가 어떻게 달라지는지 늘 점검하고 체크해야 한다.

– 상생

가맹 본부와 가맹점이 서로 협력하여 이익의 균형을 맞춰서 동반 성장을 하지 않는 브랜드는 결국 무너진다. 상호 적절한 이익을 위해야 한다. 운명 공동체이기 때문이다.

점주님 입장에서는 프랜차이즈는 영업 방식이 흔히 네이버, 다음 키워드를 가지고 예비 점주님이 홈페이지나 랜딩 페이지 등을 보고 문의를 남기면 거기에 맞추어 회사의 경쟁력 및 매출, 비용 등을 언급하며 매칭이 잘 맞으면 개설까지 이어지는데 선택을 할 때 예비 가맹점주는 신중을 기해야 한다. 대부분 본인의 모든 자금을 투자하는 부분인데 임대료, 인테리어, 주방 장비, 간판, 초도 물량을 하더라도 여유 자금은 가지고 있어야 한다. 추가적인 재료 구입비와 돈이 들어오는 시점이 다르기 때문이다.

프랜차이즈는 의외로 초기 때 잘 잡으면 점주님 입장에서 돈 버는 경우도 많다. "왜 초기냐?"라고 말하자면 생각 있는 프랜차이즈는 안다. 직영점을 바라보고 가맹점 수가 100개가 나오는 게 아니기 때문인데 초기 가맹점에 돈을 버는 구조를 갖추어야지, 초기부터 본사 수익을 높여 가맹점 수익이 저조해지도록 하면 가맹점을 늘리고 싶어도 금세 소문이 퍼져 가맹 신청을 하다가도 발을 뺀다. 하는 게 중요한 게 아니고 어느 위치에 있는지 파악하고 원가조차 낮추는 게 어려운 상황에서 본사 수익을 높인다. 답도 없다.

정말 프랜차이즈들이 직영점 매출을 보는 시대는 끝났다. 차라리 가맹점 매출을 보지. 설마 숫자를 몰라도 사람들이 얼마나 다녀가는지만 알아도 테이블 수, 음식의 평균 가격 등 정보로 대략 일일 매출 산출이 된다.

그리고 음식값을 산정 시 조심해야 할 게 가격을 타 브랜드와 비교도 해야 하고 업계 평균을 보고 참고할 필요가 있다. 성장기 때는 어떤 전략을 쓰고 해당 브랜드만의 특출한 무언가가 있어야 성공한다. 초창기 때는 점주님도 선별해야 하는 만큼 중요하다. 그 사람들 형태에 따라서 프랜차이즈와 해당 매장 매출도 같이 성장하기 때문이다. 이 고비를 잘 넘기냐 마느냐는 가맹점 50개에서 선별된다. 직접 내가 다녀 보니 그렇다. 참새가 황새 따라 쫓아가는 게 그게 가능한가 싶다.

분명히 말한다. 점주님들 중에 프랜차이즈 중에 초기에 제조업을 한 것이 아니고 공장을 중간에 세웠다는 곳은 무조건 피해라. 100만 원 버는데 벤츠 이상 타는 거랑 같다. 일부 피해는 관련 점주님들이 볼 것이고 사업의 구조가 어떻게든 발전보다는 단순한 논리로 돈을 벌겠다는 어설픈 구조로 되기 쉽다. 이 부분에 대해 깊게 말 안 하겠다. 웃음만 나올 뿐이니….

예비 창업자들이 가장 조심해야 하는 것은 초기 상권이다. 집 앞도 좋지만 그래도 상권의 목이 좋은 곳(인적이 많고 눈에 확 들어오기 쉬운 곳)의 비중은 매출 비중 30%를 차지한다.

여러 예비 창업자들을 상대하면서 점포 임대 시 주의할 사항에 대해 알아보자.

– 상가 점포의 법률관계를 확인해야 한다.

마땅한 상가 점포가 나타나면 계약 전에 상가 점포 등기부등본상의 표시 및 임대차계약의 표시가 틀리지 않는지 꼼꼼히 따져 볼 필요가 있다.

여러 점포가 있을 경우 실제 임차한 점포의 표시와 등기부등본상의 표시 및 임대차계약의 표시가 각각 다른 경우에는 임차보증금 반환 청구나 임차권등기 대항력의 행사, 명도소송 등에서 불리한 결과를 당할 수 있다.

- 권리금과 건물 주인은 아무런 상관이 없다.

권리금은 흔히 말라는 자릿세(바닥 권리금), 시설비 등을 말한다. 임대계약을 체결할 때 관행적으로 권리금을 이전 임차인에게 지급한다. 권리금은 임차인끼리 주고받는 것으로 보증금과는 달리 건물 주인으로부터 돌려받을 수 없다.

- 〈상가권리금 보호법〉이 2015년 5월 13일부터 시행되었다.

〈상가권리금 보호법〉은 건물주의 방해나 횡포를 차단해 기존의 세입자가 신규 세입자에게 권리금 회수의 기회를 가질 수 있도록 보장해 주는 방식이다.

- 등기부등본을 확인해라.

현 소유자의 취득 일자, 매매 과정, 압류, 저당권 등의 설정, 해당 건물의 특징 등을 확인하여야 한다. 임대인은 등기부등본에 기재된 상가 점포 소유자이어야 하고 만약 소유자 본인이 아닌 경우에는 소유자의 인감증명서와 인감이 날인된 위임장을 첨부하여야 한다.

임대인 부인과 계약일지라도 꼭 계약금, 중도금, 잔금은 건물주(임대인)의 통장으로 입금하는 것이 매우 안전하다.

- 건축물 관리대장을 확인해라.

계약하고자 하는 상가 점포의 정확한 임대 면적, 위치, 건축물의 준공 날짜, 점포 용도 등을 살펴볼 수 있다. 특히 용도가 다를 경우 먼저 관할 구청 해당 부서에서 용도 변경 여부 등을 꼭 확인해야 한다. 용도 변경 시에는 비용이 들어 다툼이나 분쟁의 소지가 있다.

그래서 먼저 짚을 필요가 있다.

등기부등본상의 상가 점포 호수를 정확히 표시하고, 면적도 건축물 관리 대장에서 확인한다. 상가 점포 면적에 따라 임차보증금, 임대료, 관리비 등이 결정된다.

- 토지대장을 확인해라.

토지 주인과 건물 주인이 같은 사람인지 공시지가는 얼마인지 정도는 확인해야 한다. 만약 토지 주인과 건물 주인이 다를 경우 계약서 작성 시 원칙은 건물주와 계약을 하면 되지만 토지 주인한테도 공동 임대인으로 서명, 날인을 하면 더 안전하다는 점 유의하기 바란다.

- 도시계획확인원을 확인해라.

상가 점포가 있는 지역이 재건축, 재개발 지역은 아닌지, 도로 개설 여부 등 아주 기본적으로 확인해야 한다. 비싼 시설비, 권리금을 지불하고 쫓겨나는 변수가 있을 수 있다.

- 임대료와 임차 기간을 확인해라.

충분한 임차 기간을 확보하고 월세 증가분을 명시하고, 나아가 앞으로 재계약을 해 준다는 언질도 받아 두면 좋다. 상권이 잘 형성되고 아무리 좋은 자리도 임대료가 너무 비싸거나 임차 기간을 확보하지 못하고 중간에 나오면 투자액을 속된 말로 다 빼먹지 못하는 경우가 있다.

위의 사항은 꼭 임대할 때 확인이 필요한 요소이다.

가맹점주가 되는 입장에서 하는 말이지만 왜 이 글을 작성하냐면 '프랜차이즈 본사와 계약했으니 다 알아서 하겠지.'라는 착각은 하지 않았으면 해서이다. 점주님의 노력이 필요하다. 그 점을 꼭 명심하길 바란다.

물론 점주님의 노력만 가지고 되냐? 그것도 아니다. 프랜차이즈 본사는 어떤 노력을 하는지 보아라. 어떤 점을 보는지 아래에 설명하겠다. 프랜차이즈 본사는 여러 군데를 방문하고 직접 일해 보면 이미 미래가 보인다. 종목이 무엇이든 일괄적인 형태는 다 똑같기 때문이다. 이 책을 만약에 대표들이 본다면 많은 반성을 하길 바란다.

브랜드 가치를 어떻게 높일까 고민하는 큰 그릇이 있는 반면 어떻게 수익만 늘릴까 고민하는 그릇이 있다. 이 두 그릇의 차이는 크다.

점주님과 가맹점주의 중간 다리 역할에 대해서 설명하고자 한다. 일반적으로 그것을 슈퍼바이저라고 하는데 슈퍼바이저(Supervisor)란 프랜차이즈 시스템에 있어서 본사(가맹본부)를 대표하여 가맹점에 본사의 정보를 전달하는 자를 말한다. 또한, 가맹점을 순회 지도, 상담, 감독하며 가맹점으로부터의 요청 사항을 본사에 전달하여 업무 개선에 도움을 주는 기능을 담당함으로써 가맹점과 본부와의 원활한 관계 유지를 기본 업무로 한다.

슈퍼바이저의 역할은 크게 5가지로 나눌 수 있는데 의사 전달

(Communication), 경영 조언(Consultation), 상담(Counseling), 조정 (Coordination), 통제(Control), 촉진(Promotion)이다. 본사와 가맹점은 계약상으로는 갑, 을 관계가 맞지만 실질적으로는 파트너 관계이다

흔히 말하는 상생이라는 부분이 중요시되어야 해당 본사는 살아남는데 일부 본사는 아직도 개설에만 투자하고 SV(슈퍼바이저) 인원 부족이나 점포 관리 부분에는 신경을 쓰지 않는 곳이 허다하다.

예비 점주님들이 본사를 선택할 때 꼭 해야 하는 질문이 있다.
- 슈퍼바이저들이 월 몇 회 방문하는지
- 신메뉴는 시기적으로 언제쯤 나오는지
- 가맹점에 전체적인 마케팅은 진행되는 것이 있는지
- 본사에서 주기적으로 지원을 좀 하는 편인지
- 희망 자리에서 주변 가맹점 거리는 어느 정도 되는지

이 정도 질문이 적당하다고 하겠다. 초보 예비 점주님들은 오로지 매출, 손익만 생각하는데 그것은 짧은 식견이라고 할 수 있겠다. 이유는 가맹계약서 내 기본 2년이며 짧은 시간 안에 모든 것을 끝낼 것이 아니기 때문이다. 정확하게 말하자면 본인이 끌어 올리는 데 한계치가 있기 때문이다. 일반적으로 프랜차이즈의 상표성도 무시하지 못하며 아무리 잘되는 가게도 본사의 정책으로 무너지는 경우가 많다. 곧 점주님의 의지도 중요하고 본사의 정책도 중요하다. 두 가지가 맞아야 시너지가 생겨서 같이 성장해 나가는 것이다.

일반적으로 프랜차이즈 본사에 주는 돈은 제대로 주고 요구할 거는 정당하게 요구하는 문화가 요즘 추세인 거 같다. 프랜차이즈 본사는 점주님과 너무 가까워서도 너무 멀어져서도 안 된다. 한국에서는 프랜차이즈뿐만 아니라 다양한 업체에서 워낙 갑과 을의 관계로 갑질을 많이 하다 보니 폐망하는 경우도 많다. 그리고 가맹점에서 기본적으로 규정을 안 지켜서 본사 이미지 또한 실추되어 회복되기도 힘든 경우도 있다. 다양한 변수가 많고 사업도 기본적인 것은 지켜야 한다. 기본의 변화, 응용의 형태인지 망각한 것인지 정도는 구분해야 한다.

최근 프랜차이즈 가맹점을 운영하는데 매출은 너무 안 나오고 곁다리 메뉴는 하고 싶은데 프랜차이즈 규정의 운영에 막혀서 하지 못할 때 어떻게 하냐고 나한테 문의가 왔었다.

혹시 공간이 조금 남는 곳이 있냐고 물어보았고 있다고 하길래 임대계약서를 따로 쓰고 새로운 사업자로 운영하라고 알려 준 적이 있다. 〈가맹거래법〉에 위반되지 않으며 물론 운영이 가능하다. 그것을 저지하면 간단하게 본사 프랜차이즈에 신고해 주면 법을 어긴 쪽은 본사 프랜차이즈 쪽이라 벌금 및 처벌 혜택이 갈 것이다. 본사는 배달 분쟁은 조장하지 않았어도 가맹점이 스스로 영업 지역을 확장하고 배달을 영업 지역 침해 행위를 방조하고 시정 조치를 안 한다면 본사가 의무를 위반한 것이다.

〈가맹거래법〉은 시간에 지남에 따라 엄격해지고 있으며 법이 업그레이드되고 있다. 기본적으로 〈가맹거래법〉은 가맹 계약 체결 전에 정보공개서를 14일 이전에 제공하게 되어 있고(정보공개서 제공 후 14일

지난 이후에 가맹 계약 및 가맹금을 받을 수 있음), 가맹 계약을 체결할 때는 가맹본부이거나 가맹 계약 체결 직전 사업 연도 말 기준으로 가맹점 수가 100개 이상인 가맹본부는 예상 매출액 산정서를 예비 점주님에게 제공하여야 한다.

〈가맹사업법〉 제13조 제1항에 따라, 가맹점 사업자가 가맹 계약 기간 만료 전 180일부터 90일 사이 가맹본부에 가맹 계약의 갱신을 요구하는 경우 가맹본부는 정당한 사유 없이 가맹 계약의 갱신을 거절하지 못함(10년을 초과하지 않는 범위 내에서 계약갱신요구권을 보장).

이런 법적 사항도 꼭 인지하면서 프랜차이즈 본사는 운영되어야 하고 가맹점이 폐점되면 해당 가맹점주님도 힘들지만 더 힘들어지는 것은 프랜차이즈 본사이다. 폐점률은 곧 성장을 방해하는 것이기 때문이다. 폐점을 하지 않으면서 규정을 지키도록 유지를 해야 늘어난다. 폐점을 하는 것은 시장 탓이라 할 수 없다. 여러 요인이 발생하며 내부 정책, 지향 방향성, 점주님의 노력 부족 등이 있다.

- 가맹 희망자 상담 접수(홈페이지 접수, 전화)
  - **사업 설명 및 상담**

    가맹점 희망자 상담 및 시식, 정보공개서 제공 14일 경과 후 가맹 계약서 제공, 인근 가맹점 현황 문서 제공
  - **가맹 계약 체결**

    프랜차이즈 보증보험증권 제공, 가맹 계약 체결, 예치가맹금 수령
  - **점포 실측 및 도면 미팅**

투자비 산출, 도면 협의 및 개점 스케줄링 확인

- 공사 착수 및 교육 실시

교육 - 메뉴 및 서비스 교육, 세무, 마케팅, 행정 절차 등

- 영업 설비, 초도 물품 입고 및 정리 오픈

영업 설비 냉장고, 그릇 입고 / 유니폼, 식자재 입고 / 영업 시작:

판촉 및 홍보

- **간단한 가맹점 세무**(세무사에 맡겨도 되지만 조금만 알아보자)

  - 종합소득세

  모든 개인사업자에 해당한다. 확정신고는 익년 5월에 실시한다.

  중간예납은 당해 11월에 하면 된다.

  - 부가가치세

  일반과세자에 해당된다. 1기 확정신고 7월, 2기 확정신고 익년 1월

  - 원천징수 이행 신고

  매월 10일

  - 4대 보험 신고

  종업원 채용 시 수시로 한다. 신고 일자와 관계없이 매월 1일 자

  로 처리한다.

  - 가산금

  납부 기한 내에 미납 시 5%의 가산금을 내야 한다.

교육은 좀 빡세게 받는 것이 좋다. 교육비도 따로 지불해야 되며 열

심히 배워서 실전에 빨리 적응을 하도록 해야 한다(교육 기간은 못해도 최소 2~3주 진행).

    이 정도가 프랜차이즈 사업의 큰 테두리라고 할 수 있으며 프랜차이즈의 본사도 100개 점포까지는 수익 구조(이익 구조)가 그렇게 좋지 않은 것이 당연하다. 하지만 현재로서는 아이디어는 있고 자금이 별로 없는 사람이 일구어 내기에 좋은 사업이기도 하다.

    무언가 나아지기 위해서는 내가 나아져야 한다. 변화를 함으로써 발전을 궁리하고 실행하라.

CHAPTER

07

현재 상황에 맞게
움직여라

남들과 뭔가
달라야 한다는 의미

⌣

동일한 일을 하는데 효율성을 높이며 프로세스를 만드는 이가 있는 가 하면 기존과 똑같이 발전 없이 그대로 가는 방향으로 나누어진다. 시간이 흘러감에 따라 세상을 바라보는 시각도 달라질 것이고 좀 더 잘할 수 있는 방향으로 많은 궁리를 해야 한다. 궁리할 때 현실의 의자에만 앉아서 하는 것이 아니라. 하루 종일 고민해야 일이 풀릴 때도 있고 타 장소나 다른 이의 뱉은 말에 영감을 얻어 실행할 때도 있다.

변화가 끊임없이 몰아치는 시대에 발맞춰 움직이는 것 또한 중요하다. 좋은 점은 가져가고 나쁜 점은 버릴 수 있다. 벤치마킹을 할 수 있는 것 또한 능력이다. 떠오르는 게 딱히 없다면 남들은 어떻게 하나 확인해 필요가 있다. 예를 들어 학원 강사가 문제를 만들어 문제집을 만드는데 정답 윗부분(정답과 설명 부분)에 포스트잇 형태를 붙여 그 위에 학생들이 자유롭게 풀 수 있는 공간을 만든다든지….

핵심 가치와 원칙은 변화 없이 유지하되 변화와 응용을 할 수 있는 부분이 절실하게 필요하다. 생활을 하다가도 불편한 상황은 수도 없이 많이 발생된다. 남들도 불편하지 않겠는가? 그것을 어떻게 정립을 잡아 나갈 것인가가 관건이다. 방법이 하나라는 것은 극히 고집이 세고 융통성이 부족한 사람일 확률이 높다. 어떤 방식이 맞는지, 그 당시에는 맞아도 시간이 경과됨에 따라 그 방식이 달라지기도 한다.

특히 경영이나 전략, 전술은 법이 바뀌거나 내부 구조 형태가 변경함에 따라, 많은 이득을 취할 것이고 그 방법이 성공적일 때 더욱더 박차를 가해야 하지 않겠는가?

"효과적인 사람은 성과를 높이기 위해 끊임없이 묻는다. 자신을 믿어라. 자신의 능력을 신뢰하라. 겸손하지만 합리적인 자신감 없이는 성공할 수도 행복할 수도 없다."

- 노먼 빈센트 빌의 글 중에서 -

처음에 시작하는 부끄러움은 잊는 것이 좋다. 누구나 처음에는 어설프고 '반복'이라는 것을 통해 일에 대해 숙련해 나가는 것이나 자기계발이 전혀 없고 직장 내에서의 배움으로 '끝'이면 본인 외에도 다른 이도 같지 않겠는가? 경쟁 세계에서 대체 가능한 거면 본인의 요구에 회사에서도 '왜'가 요구된다. 같은 능력에 더 좋은 조건을 가지고 싶은 마음은 알겠으나 설마 그렇게 했다고 하더라도 그게 얼마나 오래 가겠는가? 일을 하면서도 수단과 방법을 가리지 말고 자신이 할 게 더 있는지 살펴봐야 한다. 익숙해질 때까지~

가르침을 배우고 그 한계 내에서 하는 것은 언젠가 도태되기 때문이다. 하고자 한다면 보상은 반드시 돌아오게끔 되어 있다. 진실한 마음으로 진행해야 한다. '누군가 해 주겠지?' 하고 기다리는 것은 누워서 감이 떨어져 입에 들어오는 것을 기다리는 행위이다. 더 심한 것은 배운 것도 써먹지 못하고 좋은 시스템의 외부 것을 가지고 내부에서 가져오는 것조차 못 하면 능력 감퇴 또는 있으나 마나 의미 없는 것이다. 다르다는 것은 '남들보다 노력해도 우위에 설까?' 하는 느낌인데 심오하게 관찰하고 배우고 실행 가능 여부만 재는 것이 아니라 실천까지 이어져야 한다.

끝까지 해 보면 높은 고지에 올라설 것이다. 성공하기 위해서는 실력, 운, 시기의 3요소가 맞아야 하는데 거기서 본인이 컨트롤이 되는 것은 실력이며 이를 쌓는다는 것은 실력 = 노력 × 시간이다. 하루아침에 '짠!' 하고 될 리가 없다. 꾸준함만이 살길일 것이다. 변화, 발전을 자유자재로 사용하는 그날까지 부, 귀든 무엇을 얻을 것은 분명하다. 자신만의 노하우를 쌓고 전진하길 바란다.

세상에 공짜는 없으며
항상 어떠한 대가가 오기 마련이다

얻는 게 있으면 잃는 것도 분명히 있다. 그렇다면 무조건 이득만 바라는 것 또한 어리석은 짓이다. 소탐대실이라는 말이 있다. 조그만 것을 얻고 큰 것을 잃는다. "처음에는 본인이 이득인 줄 알고 행하였으나 나중에 멀리 내다보니 손해였다."라는 뜻으로 비상식적인 거래는 의심을 해야 하며 물건이 이상하게 저렴하다는 것은 품질에 문제가 많다는 것이며 그것을 내다 팔면 클레임으로 오히려 손해가 이득보다 클 것이다.

이득이 되기 전에 리스크가 그 이득보다 큰 것인가에 대해 고민해야 한다. 리스크를 생각하지 않고 '나중에 어떻게 되겠지.' 하는 순간 위기가 올 것이다. 현대에는 손해를 보지 않으려는 세대들이 많으며 그로 인해 더 큰 손해를 보는 경우가 파다하다. 회사 간의 비즈니스의 경우도 갑이라고 갑질을 하라고 있는 위치가 아니며 때로는 을의 위치에서도 생각해야 되는 점이 있다. 모든 일에는 인과응보의 개념이 생기는데 이 점을 명심하길 바란다.

상대방이 친절을 베푸는 것은 겉은 아무것도 없이 보여도 내부를 살펴보면 분명 이유가 있다. 서로 도움을 줄 수 있는 관계면 무관하다. 하지만 한쪽만 줘야 하는 관계면 언젠가 무너지지 않을까 싶다.

회사 간의 거래 관계에서도 이득을 보기 위해 오히려 상대방에게 밥을 사 주는 경향을 가지고 있다. 왜? 밥값보다 더 큰 이득을 가져올 수 있기 때문이다.

가급적 일에만 전념하는 관계도 나쁘지 않다. 부담은 나중에 오히려 독이 되는 경우도 발생한다. 가족과의 관계보다는 사회적 관계에서 많이 일어난다.

노력하지 않고 바라는 것을 흔히 탐욕이라고 하는데 공짜를 좋아하는 사람은 절대 성공한 삶을 살 수 없다. 세상의 모든 것에는 값이 정해져 있다. 원하는 것을 얻기 위해선 값을 지불해야 하는 것이 세상의 이치다. 인생도 마찬가지로 공짜는 없다. 노력 없이 얻어지는 것이 없듯이 가치에 대한 정당한 대가를 지불해야 한다.

이 세상에 공짜를 싫어할 사람은 없으며 아무런 대가 없이 무언가를 갖거나 쓸 수 있다는데 누가 이를 마다하겠는가. 하지만 조금만 더 들여다보면 의도된 바를 알 것이다. 심지어 돈 많은 기업에서 봉사하는 이유 역시 물론 있다. 기부자의 심리적 만족도 있겠지만 그 반면에는 법인세 공제율(절세)의 이유도 있다는 것을 알아라. 하물며 다리 하나를 지어서 편하고 이용이 무료라고 했을 때 거기에 들어가는 비용은 다 어떻게든 들어간다. 국민 세금이든 비용이 들어간다는 사실은 숨기며 말이다. 이러한 이치를 살피려면 조금은 멀리 내다보는 눈이 필요하다.

계획에는 다 오차가 생긴다,
완벽은 진행 과정에서 변하면서
만들어 가는 것이다

⌣

전에도 언급했듯이 처음부터 잘하는 것은 없고 계획을 세워서 진행할 때 문제가 발생하고 제기되는 것도 생기며 이를 어떻게 해결할 것인가에 대해 이성적으로 생각할 필요가 있다. 감정이 들어가는 순간 당연한 판단도 못 할뿐더러 문제 해결 후에 진행하면 된다. 최악의 경우가 도중에 그만두는 것인데 시도한 거면 결과물은 보는 것이 좋다. 변수는 최대한 막는 것이 좋으며 여러 항목을 체크해 나가는 방식이 실수를 줄이는 방식이라 할 수 있다. 실질적으로 메모를 그래서 하는 경향이 있고 생각지도 못한 것이 중간에 툭 하고 나오기도 하기 때문에 까먹기 전에 휴대폰이든 수첩이든 사용하여 수시 체크가 필요하다. 다른 계획이 더 좋다고 한다면 상황적, 합리적 판단하에 변경하는 것도 나쁘지 않다.

이 변경 방식을 선호할 때가 있는데 기존 것의 틀을 바꾸려는데 머지않아 리스크가 너무 클 때는 다른 계획으로 우회하여 리스크를 최소화하는 것이다. 관리를 할 때 오히려 기존보다 이득이 적어질 것을 염두에 둔다든지 하면 큰 것을 움직이는 것보다 소규모를 움직여서 이득을 쟁취하는 게 낫다. 다른 곳에서는 왜 이 방식을 선호하는지 안

하는지 이유가 다 있다는 것이다. 어떤 일이든 쉽게 되는 것은 없다. 하다 보면 변수가 항상 존재하고 그걸 어떤 식으로 풀어낼 것인가에 따라 결과물이 바뀐다. 실패를 하더라도 좋은 경험이라고 생각하고 또 다른 것을 추구하면 된다. 가만히 있어 시간을 축내는 것만큼 어리석은 것은 없다.

부디, 제발 고민하고 생각하고 계획을 짜고 남들은 어떻게 진행하는지 보고 배워 나가면서 발전시키면 못 할 것이 없다. 과정도 중요하다. 과정에 의해서 결과 도출이 달라질 것이고 효율성이 뒷받침되어야 할 것이다. 대학교 축제를 하기 전에 주변의 가게에서 일부 수수료를 받고 그 가게가 지원했다는 문구를 넣어 대신 홍보를 해 준다며 오프라인 형식으로 축제 모금을 모으는 방식이 온라인으로 변경된 게 배달의 민족이지 않나 싶다. 배달의 민족 앱도 처음에는 전단지를 모아서 대신 광고 형식이지 않겠는가? 그리고 가게별 메뉴를 넣고 진행했을 것이고 지금의 대기업이 되었다. 초기에는 누구나 초라하게 진행하면서 없던 거를 만들고 변수가 상당히 많았을 거라고 생각된다. 그것을 어떤 방식으로 뛰어넘을 것인가의 과정이 좋은 결과로 나올 것이다.

그리고 사업을 할 때 주의할 점이 있다. 본인이 모르는 종목은 함부로 손을 대서는 안 된다. 전문 인력을 고용하여 진행했다 하더라도 어떻게 진행하는지의 요령 및 방법에 대해서는 같이 살펴볼 필요가 있다. 그때는 대표인 자신의 주장을 다 하는 게 아니라 상대방의 의견을 수렴하여 좋은 의견은 채택하여 실행을 적극적으로 할 수 있게 해야

읽어라! 어디로 가야 할지 모르겠다면

한다. 그것이 아니라 본인이 요구하는 것만 생각하면 전문가를 굳이 뽑을 이유가 없다. 대표 말 잘 듣는 사람을 뽑는 것이 낫지 않을까? 판단과 상황 이런 것을 전혀 고려하지 않는 사람….

많은 것을 계획하고 실행해 보는 것을 젊은 나이에 빠르게 해 보길 바란다. 성취감을 가지고 그것이 쌓이면 비슷한 계획이 생겼을 때는 이미 알기 때문에 계획 세우기가 편하고 더 빨리 실행이 가능하다.

본인 마음이 중요하다,
남들이 강요한다고 따라가면 안 된다

귀찮고 편하게 있고 싶은 마음이 생겨서 안 하는 경우도 있지만 자신의 마음이 파괴될 때까지 버틸 이유는 없다. 항상 자신이 어떻게 생각하고 좋아하는 것이 다 다르기 때문에 강요해서 따라간들 같은 성취를 가져온다는 보장도 없다. 특히나 요즘에 불황, 우울증, 기피증, 이런 것도 많고 젊은이들의 자살이 심해지고 있는 것도 사실이다. 뉴스를 볼 때마다 '아, 왜 저럴까?' 하면서도 한편으로는 이해가 가는 부분도 없지는 않다. 정신적으로 피폐해지면 육체가 다치는 것보다 더 위험해진다.

본인만의 가치를 규정해 놓으며 자신감을 가진 채 사는 방법을 강구하여야 한다. 복잡한 마음을 다스리는 방법은 햇빛과 자연을 만끽할 수 있는 곳에 가는 것도 방법이고 행복했던 기억을 자주 꺼내는 것도 좋은 방법이다. 혼자 살면서 느낀 것이 사색을 너무 하면 올바른 판단이 흐려지고 안개가 낀 것 같은 느낌이 들며 머리가 멍해진다. 흥미가 떨어지면서 향수병 같은 느낌이 들 때가 있다. 그럴 때는 금붕어를 키우거나 애완동물을 가까이하면 외로움이 나아진다. 마음을 잃으면 돈도 같이 잃는 경우가 많으니 주의하라.

성향에 따른 일에 대한 의지 높이가 다르기 때문에 설령 본인이 맞는다고 하더라도 그것을 다른 이의 사상으로 강요할 필요는 없다. 판단은 본인이 하는 것이기 때문이다. 마음에 없는 행동은 남들의 이목을 신경 쓴다는 것인데 잘못을 하는 것이 아닌 이상 그럴 이유는 없다. 본인이 먼저 살아야 하지 않겠는가? 인생이 피곤해지기도 한다.

쉽게 포기는 하지 말고 앞으로 나아가는 방향을 잘 설정하면 앞으로 간다. 마음을 다스리는 습관을 자주 가져야 하며 일에 치인다 싶으면 잠시 쉬어 가야 한다. 인생의 난관도 급하게 한다고 잘되는 것이 아니고 천천히 마음을 다스린 후에 진행하여 더 잘된 경우가 더 잘 풀리는 경우가 많다. 마음을 다스리고 말과 행동을 올바르게 하라. 사람마다 좀 다르긴 하지만 독서를 통하여 명상을 통하여 운동을 통하여 청소를 통하여 한 번씩 다 해 보고 본인하고 맞는 것을 하면 된다. 수단과 방법을 가리지 말고 일주일에 한 번이라도 진행해 보라. 인격체가 높아진다는 것을 느낀다. 어려울 때일수록 더 해야 한다. 그래야 운기도 좋은 흐름으로 변경된다. 좋은 모습을 이미지화하여 꼭 실천하라.

정보나 경험이 부족한 것 및 우유부단을 주의하라. 미리 파악을 하여 시간이 걸리더라도 꼭 본인이 여러 정보를 확인하라. 그런 뒤에 판단해도 늦지 않다. 모든 일은 그런 습관이 없으면 실수 또는 실패가 무조건 발생한다.

CHAPTER

08

사람마다
최상의 시기는
다르다

삶의 출발선이 다르듯,
생각이 다 다르듯

⌣

    누구는 태어날 때부터 재물복, 부모복이 좋게 태어나고, 어려운 집에서 태어나 학교 진학이 힘든 사람도 많다. 출발선이 다르다고 생각하며 어떻게 극복하고 세상을 살아갈 것인가에 대해서는 진부하게 생각해야 한다. 요즘 신문에 나오듯이 보육원에서 나온 애들이 독립하다가 사회성 적응이 힘들고 젊은 나이에 무엇을 해야 할지 모르는 경우도 많다. 솔직히 보면서 한편으로는 이해를 했고 취직이라는 코스까지 뭔가를 이루어 내도록 사회적 공부가 필요하지 않을까 싶다. 너무 학교 공부에만 매달려서 20살까지 사회 공부는 거의 못 한다고 봐도 과언이 아니다. 사회적 과목을 좀 더 적나라하게 다룰 필요가 있지 않나 싶다. 물론 성공하는 이들도 많고 잘 살다가 폭망하는 케이스도 있고 다양하지 않겠는가?

    실패했던 것도 하나의 경험이고 실수했던 것도 하나의 경험이 될 수 있다. 사람마다 생각하기 나름인 게 새로운 도전을 하느냐, 거기서 자책만 할 것인가.

    음, 많은 자신을 위한 생각을 꼭 했으면 한다. 장소를 바꾸어서 산을 타면서 하든지 목욕탕에 가서 하든지 해야 한다. '앞날에 대한 불안을 어떻게 해소할까?' 하고 생각해야 한다는 말이다.

새로운 출발선을 어떻게 만들 것인가는 앞서 이야기했듯이 많은 책, 흥미에 대해 많은 정보를 찾아보고 자립을 해 나가야 한다. 미리 준비되지 않으면 어려운 가정형편, 경제적인 어려움, 불투명한 미래에 대한 부담이 더 와닿겠지만 지금 이 시대는 개천에서 지렁이가 나오는 것이 아니라 용이 나오는 경우도 많다. 자신을 부정하는 발언은 삼가길 바란다. "난 못 한다.", "안 된다." 이런 것은 우울해지거나 의기소침한 상태로 변하는데 자신감을 회복하도록 소리라도 쳐 보자. 큰 변화를 준다고 생각하지 말고 조금씩 변화를 갖자.

옛날에는 하루에 한 시간이라는 게 시간이 지남에 따라 많은 변화를 준다는 것을 몰랐지만 세월이 들어 나이가 드니깐 그렇지 않다. 분명 효과가 있다. 무엇을 하든 생각을 변화시키고 행동을 변화시킨다. 대신 기왕 하는 거 꾸준히 하는 것이 좋다.

일주일에 한 번만 운동을 하자고 목표를 정했다고 하자. 처음 몇 번은 귀찮지만 10주를 꾸준히 하고 나중에는 어떻게 달라졌냐면 안 가면 위험하다는 생각으로 바뀌는 것이 사람의 마음이다.

나의 경우를 말하고자 한다. 처음에는 돈도 없이 서울에 올라와서 제주도에서도 살아남는다는 각오로 일을 한 적이 있다. 그것이 외식업이었다. 지금도 그 분야를 하고 있으며 경험이 중요하다. 직업은 경험 외에는 잘 벗어나지 않기 때문이다.

이 책을 보는 독자들은 본인이 하고 싶은 것을 다양하게 시도해 보면서 그중에서 맞는 경향을 찾는다. 경험은 돈으로 하지 말고 직접 몸으로 사회에서 뛰면 된다. 수단과 방법을 가리지 말고 해 봐라. 세상을 그러면 조금 이해하는 것도 시야도 달라진다.

어떠한 계기는 분명 필요하다. '누군가 해 주겠지.'라는 생각으로 산다면 힘든 삶을 살지 않을까?

모든 일에는 목적,
이유가 분명해야 한다

목적이라는 것은 실현하려고 하는 일이나 나아가는 방향이라는 뜻이고 이유는 어떠한 결론이나 결과에 이른 까닭이나 근거를 말한다. 사촌 동생에게도 그렇게 가르쳤다. 두 가지 다 불분명한데 절대 움직여서는 안 된다. 반면 두 개 다 확실하면 실천을 해야 한다. 누가 뭐라고 하든 무관하다. 그만큼 중요한 내용이다. 판단도 이 2개가 충족되면 진행하는 게 맞다. 일을 좀 잘하게 되면 이 두 가지에 대해 많은 것을 생각해야 한다. 문제 해결도 빠르게 된다.

한 가지의 예시로 보자. 내 사촌 동생은 학원 강사로 일을 한다. 그 당시는 기업 탐방에 나서는 시절이었다. 슬슬 재취직 같은 거였다. 연락이 갑자기 와서 보니 사촌 동생이 가르치던 학생 한 명이 수업 시간인데 가르치지 않고 휴대폰을 바라보았다고 잘 모르는 내용이 있어서 그런 게 아니냐고 부모한테 이야기하여 학원에도 문제 제기가 되었으며 클레임을 처리하려고 학원 측에서 내 사촌 동생한테 상황 설명을 해 달라고 요청한 모양이었다. 사촌 동생이 나한테 연락이 왔다. 사회적 문제의 판단이 안 서면 바로 나한테 연락을 주라고 교육을 시켰다. 같이 살기도 했고 내 동생이기에 도와주는 게 맞다.

대충 이야기를 듣고 사촌 동생의 말을 끊고 학생을 가르치는 이유가 무엇이냐고 되물었다. 그랬더니 학교 성적을 올리는 거라고 했다. 그래서 올렸냐고 물었더니 올랐다고 했다. 그럼 되었다고 이야기해 주었고 감정을 넣지 말고 언제부터 언제까지 수업을 했고 성적은 어떻게 올랐고(전과 후) 다른 이슈가 있었는지만(없으면 없다고 적기) 요약해서 학원 측에 알려 주라고 했다. 부모님도 알아야 하는 상황이므로 도끼로 찍어야 다시는 그러한 문제가 발생하지 않는다. 어설프게 내용을 전달하여 추가적인 문제만 더 끌어온다.

학생을 왜 가르치냐에 포커스를 맞추어야지, 여기서 학생이 선생님에게 지적했다는 거에 포커스를 맞추면 선생님의 감정이 안 좋을 거고 감정적 해결은 타인 여러 명을 설득해야 할 때는 효용이 없다. 사촌 동생에게 그 사실을 알려 주고 다음부터도 문제 해결 시 냉철하게 생각하라고 했다. 문제 해결책은 학생의 입장에서가 아니라 누가 보더라도 입장 이해를 시켜야 한다. 사실적 팩트로 이야기해야 한다. 단번에 더 이상 아무도 이야기하지 못하도록.

그런 습관을 가지려면 차분하게 말하면서 반박의 여지까지 생각하여 진행한다면 오차 범위를 줄일 것이다. 회사에서도 마찬가지지만 일부 강력하게 일을 요청할 때는 목적과 이유를 말하고 진행을 하면서 협의를 하는 방식이면 빠르게 진행된다. 물론 그것도 몰라주는 곳은, 그 회사는 당장 떠나라. 직원이 있을 이유가 없다.

회사에서의 목적은 '어떤 좋은 점'이 있길래 하는 표현이며 이유는 그 좋은 점에서 나오는 효과라고 할 수 있다. 목적과 이유를 가지고 일이든 공부든 하면 본인이 발전하게 되어 있다. 단, 그 목적이 순수해야 한다. 악행이거나 남에게 피해를 주는 것은 반드시 돌아오게 되어 있다. 목적을 정하고 분명한 이유로 실천하면 어느덧 지속 가능한 경쟁 우위에 서 있을 것이다.

배울 사람을 찾아라,
단 그 사람을 냉정하게 봐라

⌣

사람은 관계성에 따라 진주 같은 사람도 돌멩이가 되고 보석도 진흙이 잔뜩 묻은 채로 있게 된다. 관계성의 중요성은 다양하다. 직접적으로 배우는 것이 있고 옆에서 보고 훔쳐서 자신의 것으로 만드는 플레이가 있다. 상대방 입장에서 '어떻게 가르칠 수 있을까.' 하고 고민하는 사람이 그 행동이 합리적인 사람인지 지속적으로 봐야 한다.

다양한 질문을 통해서 생활 방식을 엿보아도 좋다. 수첩 기록이라든지 말하는 방식, 중요시하는 것 등 냉철하게 보는 것이 좋다. 잘못해서 쫓아가다 배우기는커녕 쪽박을 당할 수 있다. 상대방이 무엇이 부족한지 알고 그것을 채워 줄 사람이 지인 또는 스승 이런 것이다. 채워 줄 수 있는 자는 단박에 해당 사람을 알아본다.

시야가 넓고 평상시 사람을 많이 봐서 금방 파악하는 것이다. 인생에 한 번쯤 무조건 만나게 되어 있다. 인재는 배우는 입장에서는 좋은 것을 흡수하고 연습해야 한다. 완전히 자기 것으로 만들기 위한 노력을 해야 한다. 본인의 노력으로 그 지인을 찾아야 한다. 혼자서 발전하는 계기를 가지고 행동하면 한계점이 분명히 있다. 막막한 부분이 생길 수 있다. 해소하기 위한 조언자가 필요하다. 발전의 자세를 갖추지 못했다면 한 번씩 생각해야 한다. 머물러 있는 것, 어제와 같은 일을 반복하는 것은 퇴보하는 거와 마찬가지다.

또래랑 비교해도 나중에 대화만 해 봐도 뒤처져 있다는 것을 안다. 나이가 들수록 의리로 만나는 것은 한계가 있다. 사람은 비슷한 사람끼리 만나기 때문인데 "저는 아닌데요." 하는 사람도 있겠지만 만나면 대화를 하고 흥미를 부추기고 손뼉도 맞아야 소리가 나지 않겠는가?

자신이 없는 것을 가지고 있는 능력이나 움직임, 생각, 초점, 판단 등 배울 것은 여러 가지다. 같이 살면 더 상대방에 대해 잘 알 수 있기도 하다.

사람은 혼자 사는 동물이 아니다. 아이러니하게도 수줍음, 남과 어울리지 못함, 완전 개인주의 생활, 이런 사람들이 종종 있지만 잘되는 것을 본 적이 없다. 혼자 망상에 빠져 그릇된 판단을 하면서 본인 고집대로 사는 사람들이 된다. 개인마다의 인격은 존중하지만 큰일 날 징조가 분명히 있을 것이다. 정신적으로도 안 좋게 변하여 대충 사는 게 편해 보이고 앞으로 힘든 삶이 기다리고 있지 않을까 싶다. 사회적 능력을 배워 가면서 진행해야지, 돈을 버는 능력이 있더라도 그 일을 유지할 수가 없다.

요새 갑질 대표, 인성 논란, 폭력, 폭행 등 과거의 일이 재조명되고 무너져 내리고 있다. 인성 갑이 오래가는 기대이고 과거처럼 숨긴다고 숨겨지는 것도 한계가 있으리라.

내 밑에 두는 사람도 인성을 좀 많이 보는 편이다. 실력이 거기서 거기라면. 혼자 일하는 것도 한계가 있으며 팀으로 일을 할 때는 팀워크가 잘 맞아야 하는 것도 있다.

그리고 윽박지르는 리더, 본인 감정에 의하여 어떤 것이 문제인지 혼자 알아보라는 미지수 같은 말만 하는 것은 본인도 자세히 모르는 경우가 파다하다. 본인의 감정을 잘 다스려야 한다. 화가 날 것 같으면 잠시 말을 멈추자. 솔직히 대표보다 일 잘하는 직원도 남아돈다. 명심해라. 그런 인재들은 사람을 금방 알아보고 떠날지 아닐지 판단하니….

회사에서도 일 잘한다는 대리급이 떠난다고 하면 회사 전반적으로 문제가 있다고 판단하고 있으며 필자는 그 상황에 대해 좀 더 유심히 본다. 직언을 해 주는 직원은 그나마 나은데 아무 말 없이 "수고하세요." 하는 주변 직원들은 잘 안다. 1명일 때는 그런가 보다 하지만 여러 명일 경우가 발생하면 이야기가 다르다. 직언도 날카롭게 하며 프리한 회식을 일부러 잡고 문제점에 대해 이야기도 하고 안 되면 익명으로라도 복지 부분을 늘려야 한다. 회사에 다녀 보니 직장 문화가 중요하다. 인성이 다 바를 수는 없지만 크게 모가 난다면 임원이든 뭐든 잘라야 한다.

매출에도 나중에 영향이 무조건 간다. 매출은 올랐는데 수익 구조가 이상하게 더 떨어지는 회사가 있다. 이런 경우 거의 80% 이상 내부 문제다. 군대도 '어떻게 하면 안 갈까?' 하고 남자들도 여자들처럼 계산하는 시대라 시기는 줄었어도 여전히 취업이나 좋은 점수를 주는 곳은 드물다. 대한민국의 군대는 의무이자 편해졌다고 하지만 본인이 있는 곳은 새로운 환경에서 다 힘들다. 군대에서 신병과 장교급의 대화를 들은 적이 있는데 일반적인 집에서도 안 하는 걸 요청하는 걸 보고 대통령도 안 하는 것을 신병이 무슨 생각으로 말하는지 모를 때도 있다. 참고로 요즘 군대는 부모님들 눈치도 본다. "우리 아들 어떻게 해?? 왜?? 밥이 왜??" 많은 이야기를 한다. 그래서 뒤탈이 없도록 업체 식당을 애용하는 군인 부대가 많다.

시대가 변했어도 정신 상태는 멀쩡해야 한다. 좋은 사람이 찾아오는 것은 본인이 좋은 사람이 되어야 찾아오는 것이다. 그것이 안 되면 귀인이든, 지인이든 찾아와서 같이 있고 싶겠는가? 피해만 주는데.

모두가 이루어야 하지만~!! 소중한 것들의 우선순위를 정하고 삶을 통해 변화하는 가치관을 수립하자.

상대방을 절대 깔보지 마라,
그것은 아주 치명적인 약점이다

상대방을 무시하는 발언, 기분 나쁜 언행, 약속을 지키지 않는 사람은 상대를 하지 않는 게 상책이다. 사람은 쉽게 변하지 않는다. 처음에는 잘될 것처럼 이야기해도 본인이 다 잘났는데 누가 그의 곁에 있겠는가? 언젠가 무너지게 되어 있다.

올라가는 거는 시간이 상당히 걸려도 내려오는 거는 금방이다. 절벽에서 뛰어내린 것처럼 같은 속도이다. 나보다 어리다고 무시하는 경우도 있는데 무시를 당한 사람도 나이는 먹지 않겠는가. 미래에 어떻게 될지 모른다. 늙어서 힘이 없을 때 도움을 주는 인물이 되는지는 누구도 모른다. 두고두고 사람 인생은 모른다. 비참하게 외면을 당하는 사람도 있으리라. 추후 성공을 앞다투어 중요한 순간에 막히는 경우도 종종 본다. 남들보다 잘하는 분야는 분명히 있겠지만 모든 분야를 다 잘할 수는 없지 않은가?

주위 사람이 많아서 상대방의 능력을 빌려야 일이 쉽게 이루어지며 얼마나 잘 사용하는가 하는 것이 관건이다. 깔보는 상대에게 능력을 빌려줄 사람이 과연 몇 명이나 되겠는가?

비위를 맞추어라. 그럼 잘 돌아갈까? 어느 순간 한계성이 분명히 있다. 위험하지만 전문가를 무시하거나 하면 절대 안 된다. 본인한테 칼을 꽂는 행위이다. 인연이 아무리 많다고 하더라도 만날 수 있는 사람도 한정적이다. 본인보다 못한 사람을 만나는 것은 하류다. 자신보다 나은 사람을 만나려고 애써야 한다. 인연이라는 게 나은 사람도 많다는 것을 꼭 인지해야 한다. 본인이 한 행동을 어떤 식으로 보답할지는 모른다. 돈으로 탕진, 지위 박탈 등 위의 제목처럼 아무리 10가지의 장점이 있어도 저 단점 하나로 인하여 10가지의 장점은 발휘되지 않을뿐더러 단점이 장점을 가릴 것이다.

성공은 혼자 하는 것이 아니다. 장기간이 될 수도 단기간이 될 수도 있다. 언제까지나 실패하지 않는다는 보장도 없다. 조그마한 구멍에서 흘러나오는 물은 대수롭지 않게 생각하지만 큰 구멍에서 나오는 물을 대처하기에는 이미 늦었다. 치명적인 단점은 실패를 반드시 불러온다.

CHAPTER

09

어떤 사람을
만나느냐에 따라
운명이 바뀔 때도 있다

산삼을 캐려면 산삼밭에 가라

앞서 말했던 부분은 스승을 찾으라는 이야기이고 이거는 다른 이야기이다. 이건희 회장님의 명언이기도 하다. 이 말을 들었을 때 어떤 의미가 있느냐가 중요하다. 부자가 있는 곳으로 가야 돈을 벌 수 있다는 말이기도 하다. 왜 그렇냐면 일반적으로 부자가 된 사람들은 사업을 하는 경우가 많고 끊임없이 사업할 것들이 있는지 찾게 된다.

대기업이 하루아침에 되었겠는가? 여러 사업이 합쳐져 만들어진 것이다. 주 이야기는 사업 이야기가 될 것이고 아이디어, 주력 상품, 자금 회전 등 주제가 그런 쪽으로 오갈 것이다.

주변에 사람을 많이 두는 것보다 중요한 것이 본인의 발전성이 높아지는 인연을 두어야 한다는 것이다. 같은 또래만 만나서는 대단한 것이 나오지 않는다. 즐겁고 놀기에는 또래만큼 좋은 것은 없으나 한 번쯤은 괜찮겠지만 그게 지속이 된다면 발전이 되는 듯한 느낌을 줄 수 있으나 실제로는 그렇지 않다. 정신적으로는 행복할 수는 있으나, 발전의 한계점이 있다.

만남에 있어 상대방의 발전적 관계의 떨림이 아니라 단지 즐기기 위한 목적인데 무슨 발전이 있겠는가? 마음만 편한 관계가 다 좋은 것은 아니다. 부자들이 있는 곳에 돈이 있다는 것으로 기회가 있다는 의미라고 볼 수 있다. 기회도 보아야 하고 들려야 그것이 기회인 줄 아는 것이다. 부자의 곁에서 사는 법을 배울 필요가 있다. 또 하나의 이유는 기회라는 것이 본인이 만들어 내는 것이라고 생각하지만 남이 주는 것이다. 그것을 명확히 알아야 한다. 좀 더 명확하게 말하자면 본인이 그 기회에 적합한 사람이 되는 것은 직접 만들어야 하지만 기회를 주는 것은 남이다. 항상 부자들은 돈을 만들 구실을 찾고 그것을 어떻게 이루어 낼까에 대한 고민을 한다. 혼자서 하는 것이 아닌 여러 명이 있는 자리에서 머 하나 건질 구실이 없겠는가?

생각지도 못한 것을 건져 낼 수도 있고 어떤 때는 도와주는 일이었는데 그게 인생을 바꾸어 놓을 수도 있다. 확률적으로 생각하면 되는데 부자들이 많은 곳에 기회가 있겠는가, 아니면 본인처럼 평범한 머리의 비슷한 또래 사이에서 기회가 있겠는가? 물론 부자들이 많은 곳이 정답이다. 하지만 그것도 서로 공모해서 쉽게 벌자. 이런 모임을 말하는 것이 아니다. 정정당당히 일구어 내는 것이다.

인맥이라는 게 중요하다는 말은 맞지만 거기에 대해 세부적으로 파악할 필요가 있다. 많은 인맥을 가지는 게 중요한 것이 아니고 어떤 대화와 생각을 할 것인가가 관건인 것이다. 성공한 사람도 기피하는 세대들이 많다. 단지, 어렵다는 이유로….

과감해져라. 본인이 하기 나름으로 기회가 오는 것임을 분명히 알아라.

사람을 만나기 전에
항상 어떤 상황인지,
어떤 말을 할 것인지 대략 생각해라

친구끼리의 관계는 무관하나 비즈니스 관계나 중요한 대화를 가지는 자리는 어느 정도 약속 시간이 있을 거고 그때는 어떤 말을 할 것인지 자료도 준비하여 핵심적으로 이야기할 거를 생각해야 한다. 대책 없이 미팅을 하는 사람들은 상대방에게 어떤 것을 얻고 협의를 할 것인지 준비가 안 되어 있는 사람들이다. 그게 대표든 뭐든 준비가 안 되어 있으면 웃음거리로 남을 것이다. 겉으로는 그런가 보다 해도 상대방은 어떤 상태인지 금방 파악을 한다. 사회에서 보는 관점이 서로 다른 이가 만나서 이익을 협의하는 중에 있는데 준비를 안 한다? 말 한마디에 몇만 원이 날아가기도 하고 몇천만 원이 날아가기도 한다.

목적한 바를 이루려면 철저하게 준비해라. 시장에 대한 조사는 기본이고 현재 상황에 대해 많은 것을 알고 대처까지도 어떻게 해야 할지 준비해야 한다. 상대방에게 아는 것을 다 말하는 것도 좋은 선택지는 아니지만 상대방이 전혀 모르고 있다는 인상을 주면 협의에서는 끌려다니거나 상대방의 준비한 무대 안에 갇히게 된다. 이기려고는 하지 않더라도 끌려다니지는 말아야 한다.

그리고 미팅할 때 계획을 잡아서 해야 불필요한 시간을 축소시킨

다. 실없는 소리만 하다가 끝낼 것인가? 가장 허탈한 게 만났는데 아무 생각나지 않는 내용만 가득 찬 채 친목의 의미 비슷하게 남는 것이다. 학생 때 사람을 만나는 것과 사회에서의 만남은 확연히 다르다. 서로 이득이 되는 방향 또는 손실을 만회하기 위한 만남 혹은 이익, 손실, 협의 등을 하기 위한 만남이기에 보이지 않는 계산에 능통해야 하며 계산은 이미 전에 끝냈고 실행 시기를 봐야 하고 단순해 보이지만 사실 복합성이 얽혀 있다. 상대방에게 데이터적 수치를 제시하고 근거 자료 이야기를 해 주면 신뢰도가 올라간다. 질문의 답변에 궁금해하는 정도가 올라갈수록~

나이가 들고 경력이 쌓이면 말의 의미에 대해 깊이 생각하게 된다. 대화 내 정보, 질문의 답변을 들을 때는 내용 및 체크 사항을 메모하여 그 내용이 맞는 내용인지 재확인할 필요가 있다. 많은 홍수 같은 정보 내에는 사람의 느낌, 생각도 많은 부분 정보 변경의 변수가 들어가기 때문에 다 올바르다고 생각하면 안 된다. 재확인 방법은 본인이 서적, 인터넷 등의 자료 확인, 다른 타인과의 미팅 등이 있다.

같이 생각해야 하는 문제에 대해서는 상대방이 바라보는 시각의 관점이 장점이라고 생각되면 쟁취하여 자신을 업데이트하여야 한다.

편협한 형태는 오래가지 못한다

상대방을 밀어붙여서 진행하는 경우가 종종 있다. '갑과 을'의 관계라서 입장 차이로 그렇게 해도 무관하다는 안일한 생각을 지닌 사람을 사회에서 많이 보게 된다. 이 관계는 언제나 입장 차이로 도매시장에 의한 관계성이 언제든지 바뀔 수 있다. 상황에 맞게 해야 할 필요성이 있다.

일을 진행하다 치명적인 단점이 보완이 안 되면 더 이상 진행하면 안 된다. 단점에 대해 보완을 어떻게 할 것인가에 대해 생각을 해서 결점이 최소화되는 방향으로 진행되어야 한다. 빠르게 진행해야 하는 일이 있고 그렇지 않은 일도 있다는 것을 구분해야 한다. 모든 일을 빠르게 진행하는 게 좋다고 생각하는 사람은 실패했을 때의 리스크가 고스란히 마음과 몸으로 다가올 것이다. 물론 너무 늦는 것도 문제이긴 하다. 일은 타이밍도 중요~!!

상대방의 무지를 이용하여 손해인지 아닌지 구분도 못 하는 일을 그냥 진행하면 같이 앞으로 나아가질 못한다. 이익보다 손해가 높아 같이 나아가야 할 상대방이 무너지는 순간 같이 손을 잡고 나아갈 수도 없고 다른 비교적 좋은 업체를 선정해도 신뢰성도 그렇지만 잘해낸다는 보장도 없다.

한쪽만 너무 커져도 같이 갈 수 없다. 커진 곳은 갭이 비슷한 곳으로 옮겨야 한다. '갑과 을'의 관계보다 서로 같이 커지면서 서로 이익을 가져가는 관계가 이상적이며 더 많은 발전을 하게 되어 있다. 서로 어려울 때 조금이나마 도와주고 양보하면 잠깐은 손실을 본 거 같지만 장기간으로 보았을 때는 다르다. 사업을 3달만 하고 그만둘 순 없지 않은가. 상대방과 최소 협의가 안 될 시에는 그냥 안 하는 게 맞다. 억지로 했다가 큰 손실로 이어지기도 한다. 오히려 독이 될 수 있는 부분이 있다.

단가가 안 맞는 것은 물건에 하자가 있는 건지 어떤 건지 확인이 필요하다. "물어라!" 하고 주는 함정 고기를 무는 순간 빼지도 못한 채 끌려다니다 다칠 거 다 다치고 빠진다. 이미 그때의 후회는 늦었다. 협의만 그런 것이 아니라 사람도 마찬가지이다. 무언가를 배울 리 없는 성장하지 못하는 사람은 주위에 두지 마라. 어차피 만나면 피곤함만 쌓일 뿐이다. 편협한 발언을 하며 전혀 상대를 고려하지 않는 자도 기피 대상이다. 만나서도 안 되고 이야기를 섞어서도 안 된다. 사기꾼의 확률도 높다. 일에 있어서 일방적으로 하려는 진행은 언젠가 탈이 나게 되어 있다는 것을 명심하길 바란다. 의외로 사회에 많이 나타나고 방어적인 태도로 좋은 기회를 놓치는 경우도 보았다.

CHAPTER

10

목적과 이유가
분명하면 진행하라

결괏값을 대략적이라도 예측하라

어떠한 징조가 있을 때 그것을 어떻게 해결할까 생각하다 그다음 벌어질 일을 생각하는데 결괏값은 산술적인 계산과 이치, 논리 등으로 평가하게 된다. 효율성도 생각해야 한다. 불필요한 요소를 어떻게 하면 줄일 수 있을까에 집중하여 처리해야 하는 부분이 있다.

효율성이 게으른 것은 아니다. 효율성으로 인하여 손해가 발생하면 그것이 게으른 것이다. 명백히 구분할 필요가 있다.

결괏값이 미지수인 경우에는 '투자해서 얻어걸리겠지.' 하고 도박 비슷하게 하면 안 된다. 계산이 완료되면 그때 진행해도 늦지 않다는 것을 명심해야 한다. 돈을 서투르게 쓰는 자에게 돈이 모일 리 없으며 특히 사업을 할 때 이 교훈을 명심해야 한다. 최댓값과 최솟값을 보면서 분석을 해야 한다. 예전에 비슷한 사례가 있는지 그러한 관심이 없으면 예측할 수가 없다. 눈앞에 비추어진 거만 보아서는 한계점이 빨라진다는 것을 느낄 것이다. 생각해야 한다. 결괏값에 만족할 것인가, 더 나아갈 것인가에 대해 생각해야 한다. 일도 어느 정도 결과에 대한 만족이 생길 시 마무리 단계로 끝을 내야 한다. 맺고 끊음을 잘 하지 않을 시 어중간하게 진행되면 안 하느니만 못하게 되는 경우도 많다.

실화이기도 한 A(익명) 기업의 이야기로 M&A(기업 인수)를 하고자 어느 유명 기업의 상무 정도 되는 분이 와서 A 기업의 대표가 두 명이었는데 각 50%의 지분을 가지고 있으며 각 50억의 돈을 지불할 테니 팔라고 하였다. 한쪽의 대표는 팔겠다고 하였고 한쪽의 대표는 성장 가능성이 크니 안 판다고 하였으며 의견이 나누어지고 서로 같이 있지 못하는 상황까지 벌어지고 팔겠다는 대표는 안 팔겠다고 한 대표에게 지분 50%를 50억에 사 가면 물러난다고 하였다. 안 팔겠다는 대표는 지인 두 명을 모아서 25억씩 하여 지불하게 하고 해당 지분과 은행 빚을 지게 되었고 지인 둘 다 힘들게 회사를 성장시켜 나갔고 그로부터 3년 뒤에 주당 7배가 넘었으며 최종으로 최고의 가치가 될 때 프랜차이즈 기업을 900억 정도에 팔았다. 다들 50%, 25%, 25%로 나누어 가지고 주당 가치가 몇 배로 뛰었다. 성장 가능성을 미리 파악하여 최고의 시기를 봐 가며 팔아서 지금은 건물주를 하고 있는 것으로 안다.

회사의 가치가 높아질 것이라는 것을 직감하고 그전에 실패도 많았고 매장 한 개 운영할 때는 마이너스 통장도 썼었다고 하였다. 아르바이트를 했던 직원들은 나중에 지사장으로 계속 같이 갔으며 지사장 중에서 돈을 못 버는 사람은 없었다.

한편 초반에 팔고 나갔던 사람은 어떻게 되었을까? 여러 프랜차이즈를 전전긍긍하다 잘 안된 걸로 알고 있다. 처음부터 다시 시작하려고 하니…. 본인이 혼자 다 이루었던 것처럼, 다 한 거처럼 생각하면 오산이다. 성공한 회사 안에는 대표보다 뛰어난 인재가 있고 그 인재들의 힘이 곧 성장이라는 단어를 불러온다. 여러 가지 복합적인 형태의 성장성을 바라보는 시각이 달랐던 것이다.

이 책을 보는 여러분도 이러한 상황이 오게 되어 있다. 당장 어렵고 힘들어도 침착하게 분석하고 예측을 잘 해야 하지 않나 싶다.

너무 정신없이 일하지 마라, 올바른 판단이 서질 않는다

정신없이 혼을 빼고 일을 하면 정작 중요한 일을 그르치게 된다. 처음에 일을 진행하다가 주변의 피드백을 받게 된다. 급하게 바꾸었는데 나중에 변경된 것이 위법이라 시행도 하지 못하고 법으로 적발되어 과태료만 납부하고 허무하게 끝났던 일이 있다. 이것을 왜 방지하지 못했을까? 행사에만 매달려 정작 이 일을 해도 되는 건지 확인하지 못했기 때문이다. 실패의 마무리는 잘 되었지만 해결하는 데 든 시간 소모는 말로 다 하지 못한다.

판단을 할 시간의 부족은 일에 큰 영향을 미친다. 위법인지, 절차 여부를 꼭 확인하고 진행하길 바란다. 이게 성립이 안 되면 일은 무조건 그르치게 되어 있다.

정신없이 일하면 피로도는 말할 것도 없다. 예전에는 일을 많이 하는 게 좋다고 생각했었는데 막상 하다 보면 생각하는 문제가 가장 중요했다. 생각 없이 하는 일은 어느 시점에 도달하면 일 자체가 도태되기까지 한다. 물론 몸으로 익힌 일은 제외다. 요즘 회사 내 인재도 연차가 많다고 일을 잘하는 것은 아니다. 밑에서 충분히 노력 여하에 따라 치고 올라갈 수 있다. 그때가 직장 생활 빠르면 2년 차, 좀 늦으면 3년 차 정도 된다. 직접 경험을 하기도 하였다. 회사에서 지겹고 안 맞는 것을 억지로 하는 상대의 분위기로 그런 사람은 느낌이 확 온다. 지금이라도 정신 차리고 해 보자. 정신이 흐트러졌다면 머리에 찬물을 끼얹더라도 제발 무엇이라도 해라.

일에는 타이밍도 중요하다
(시기, 장소 등)

사람마다 일에 대한 스타일이 다양하다. 쉬운 일을 먼저 처리하는 사람도 있고 어려운 일을 먼저 처리하는 사람도 있다. 보기에 따라 판단하는 기준이 서로 제각각이며 몰아서 처리하는 관리자도 보았다. 행하는 시간 왜 중요한가? 이 시간대의 효과가 최대이기 때문인데 어떤 타이밍에 일을 했더니 효율이 최대로 올라가는 경험을 한 적 있는가? 빠르게 진행하더라도 시기가 맞지 않으면 오히려 중간 과정이 비어 있는 느낌이 든다. 당연히 일의 결과도 좋지 않다.

휴대폰의 역사를 보면 최초 컬러부터 무게 가벼움, 카메라와의 융합, 터치, 듀얼 모니터의 순으로 발전되지 않았던가? 이 모든 과정이 다 필요했다. 지금은 더 성능이 좋고 편한 제품을 끊임없이 연구하고 만들어 내고 있다. 다시 과거로 돌아가도 휴대폰의 역사는 똑같은 수순으로 이루어졌을 것이다. 빠른 게 좋다고 볼 수 없다. 검증이 된 것을 효과적으로 잘 표현할 수 있을지의 생각이 필요하다.

너무 멀리 내다보면 시기상조를 느낄 것이고 때가 되었는데도 움직이지 않으면 발전이 없거나 되는 일도 흐지부지 끝나게 된다. 일의 타이밍 조정이 가능한 자는 생각보다 드물다. 일의 순서를 생각하지 않고 잡히는 대로 하는 경우가 많고 그 과정에서 이미 실수가 자주 일어난다. 일이 안 풀리거나 타이밍이 안 맞는다고 판단이 되면 준비를 하면서 기다림의 미덕도 필요하다. 그것이 가능해지면 일을 지배할 수 있다. 장소를 옮기는 것 또한 방법이다. 집에 가만히 있는 것보다 공원을 돌아다니든지 해서 머리를 식히는 방법도 좋다. 장소의 중요성은 좋은 사람들과 선의의 경쟁을 통하여 혹은 가르침을 받아서 능력을 발휘할 수 있는 곳인지 아닌지이다. 그래서 간혹 오해하는 게 이상한 사람들과 일을 하는데 '내가 잘못되었나?' 하는 생각이다. 단지 그곳이 본인과 안 맞는 곳이지 않은가 생각해라.

다른 곳에 가서 잘되는 경우도 훨씬 많다. 너무 비관적으로 생각하고 밑 빠진 독에 물 붓듯이 될 수가 있으므로 편한 마음으로 아니다 싶으면 장소를 바꾸어라.

CHAPTER

11

세상은 생각보다
수준이 높아지고
다양해지고 있다

정보 노출이 많아짐에 따라
감출 수 없는 인성의 중요성

방송인, 스타, 프리랜서, 기업의 대표들이 한순간에 하지 말아야 할 행동을 대담하게 저지르고 발각되어 대중의 분노를 사게 되고 인터넷으로 사건에 대한 전말이 실시간 인터넷, 신문, 뉴스 등에 보도되고 그동안 이루었던 것들이 한순간에 나락으로 가는 경우가 많이 발생한다. 어느 아이돌은 1등을 했음에도 과거의 잘못이 밝혀지는 등 이미 무한정 사과를 해도 보는 사람들의 눈은 차갑기만 하다. 대한민국은 인터넷 강대국이기도 하고 정보 전달 속도가 빨라지고 '어디 정보 더 없나.' 하고 찾기 바쁜 나라이다. 길거리나 대중교통 이용 등에도 이미 와이파이가 곳곳에 다 설치되어 있고 하루에 한 번씩 핸드폰으로 검색을 안 하는 사람이 없을 정도가 되었다.

도덕성의 결여로 누구는 모범시민상을 받기도 하고 누구는 경찰 조사에 증거까지 확보되어 성공한 사람도 무너지는 현상이 종종 발생한다. 함부로 다른 이에게 피해를 주고 피눈물을 나게 만들면서 본인은 잘 살아 보겠다의 마인드는 무너진다.

종종 프랜차이즈 대표도 어렵게 이루었으면서도 한순간의 행동으로 본인 기업의 이미지를 실추시켜 보는 시선들이 곱지 않다. 아무리 실력이 좋아도 인성이 부적절한 이는 어느 순간 돌려받게 되어 있다.

잘못인지 몰랐다고 해도 그것을 대중들이 믿어 줄 리 없다. 인성이 잘못된 자에게 기회는 박탈된다. 무심코 한 행동이 극한 상황으로 벌어진다. 항상 되돌아보는 시간을 가지고 본인의 행동이 떳떳한가에 대해 생각해 봐야 한다.

알고 안 하는 것과 모르고
안 하는 것은 차이가 크다

⌣

일을 하면서 자신의 일에 한정을 짓는 경우가 많다. 조금만 배우면 가능한 것을 단지, 선을 그어서 몰라도 된다는 마인드로 놔두는 경우가 있다. 모르면서 안 하는 습관을 가지면 또 다른 여러 일도 그렇게 되는 경우가 많다. 생각의 전환이 필요하다. 나중에 혼자 있을 때도 그럴 것인가? 모든 사람의 생각이 다 똑같지 않기 때문에 누구는 제한을 걸고 어떤 이는 능력을 플러스하여 본인의 것으로 만든다. 당장에는 같은 사무직이라 하더라도 차이를 별로 느끼지 못하지만 높은 자리에 입성했을 때 차이가 발생한다. 여기서 말하는 높은 자리는 여러 가지 업무를 보고 교육하고 판단하고 결정하는 책임을 지는 자리를 말한다. 그 위치에 도달하지 못하면 한정된 일로 어느 순간 성장이 멈추게 된다.

일에 대해 너무 모르면 조금만 일이 발생해도 스트레스 또는 업무 책임 회피로 갈 것이다. 기업에서 일을 하는데 윗자리라고 높은 연봉으로 이직하여 왔는데 이 업계가 처음이라 아는 것이 전무하고 지위는 있으니 정작 중요한 일을 모르고 책임 회피의 방향으로만 몰아갔다. 그 아래에 있는 직원들은 할 말을 잃고 이직하였다. 일을 함에 있어 이해도나 너무 아는 것이 없으면 설명을 하는 것도 한계가 있다.

당연히 회사에서는 이직해서 온 사람은 재계약을 하지 않았고 영업이익은 이미 반토막이 되었고 좋지 않은 결과가 발생했다. 일을 할 줄 알고 있는 것과 모르고 못 하는 것은 다르다. 회사의 일이라는 게 업무별 연결이 안 되어 있으면 좋겠지만 그런 경우는 드물다. 일을 할 줄 안다고 다 나서도 안 된다. 해당 직무의 인원이 있는데 직접적인 일이 아니면 매달려서 할 필요가 없다. 관계상 상대방에 대한 월권행위가 된다.

일의 연관성이란 예를 들어 한 가지의 프로젝트를 완성하기 위하여 A의 업무, B의 업무로 나누어져 두 개가 완성되어야 프로젝트가 완성되는데 두 가지의 업무 중 한 개라도 부족하면 막힌다. 회사의 일은 이런 경우가 다반사이고 연결되지 않은 일이 거의 없다. 연관된 업무의 특성과 형태, 내용은 알고 있으면 일의 진행이 부드럽게 이어져 간다. 본인 사업을 할 때도 할 줄 아는 업무가 많으면 금방 해내고 또 다른 업무도 빠르게 진행할 수 있다.

요즘은 드물지만 T형 인재는 초기 회사, 중소, 중견 기업에서는 선호되는 인재이다.

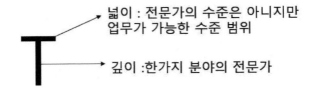

넓이 : 전문가의 수준은 아니지만 업무가 가능한 수준 범위

깊이 : 한가지 분야의 전문가

CHAPTER

12

타당한
욕심을 내라

인생에 과감해져라

잣대를 재고 안전성만 생각하다가 실행조차 하지 못하고 끝나는 경우가 있다. 아무리 많은 것을 생각해도 실행을 하지 않으면 이루어 낼 수 있는 것은 없다. 욕심의 기준과 좀 의미가 다르다. 실행 자체를 하지 않으면 의미가 없다. 용기가 없으면 핑계만 많아지고 실질적으로 이루고자 하는 것도 없고 모든 게 변화도 없고 만족하지 못한 현실에 계속 머물러야 할 것이다. 삶의 의역이 생기지도 않고 그 자리에 머물 것이다.

사람은 목표가 없고 매일 같은 자리에 있으면 부정적인 생각만 맴돌 뿐이다. 그것이 편하다고 이야기할 수도 있지만 실행하는 시기가 그렇게 많지 않다. 시간은 사람을 기다려 주지 않기에 해야 한다고 생각이 들 때 실행하여야 한다.

성공도 이름표를 달고 오는 것이 아니고 일을 하다 보니 그 일이 성공을 가져다주는 것이다. 그런 일을 여러 번 하면 한 가지는 성과나 성공으로 나타나지 않겠는가? 자신을 믿어라~!! 해 보는 것이다. 그것이 빠르면 빠를수록 좋다.

자식을 교육시킬 때도 어느 정도 나이가 되면 미션을 만들어 주어라. 시도하는 법을 꼭 가르쳐야 한다. 처음에는 뭔가 싶겠지만 의욕을 불어넣어 줄 수 있다. 모르는 부분은 찾아가면서 진행하면 된다. 부딪

치고 앞으로 나아가면서…. 해결책이 딱히 떠오르지 않는다면 주변의 의견도 듣고 인터넷도 찾으면서 진행하면 된다. 직접 찾으면서 해낸 그 성취감은 어떤 말로도 표현하지 못한다.

많은 경험을 쌓아라,
특히 문화 활동

⌣

경험의 정의는 실제로 보거나 겪으면서 거기서 얻는 지식이나 기능을 말하는데 세상에는 다양한 사람이 살고 있다. 능력치는 다 다르며 뛰어난 무언가를 만드는 사람, 생각지도 못한 아이디어를 내는 사람, 상대방의 기술 카피 등 여러 가지 행위를 보고 느끼고 생각하는 게 필요하다.

본인이 독창성을 만들어 내는 데는 천재가 아니고서는 분명 한계가 있다. 그 리밋을 해제하려면 다른 사람들은 어떻게 하나 볼 필요성이 있다. 지금 당장 쓰이는 게 아니어도 머리에 담긴 순간 꺼내서 비슷한 상황에서 적용을 시킬 때가 있다.

경험을 많이 한 사람과 그렇지 않은 사람의 차이는 별거 없다고 생각하겠지만 생각 외로 차이가 크다. 특히 문화 활동을 해 보면서 '이런 것도 있구나!!' 하고 느껴야 한다.

예전에 예술 작품을 보고 크게 놀란 적이 있는데 코엑스에서 진행했던 '르네상스 때 만든 예술가들의 신의 보물'이라는 행사였는데 컴컴한 환경 가운데 각종 그림, 예술품을 비치해 놓고 구경을 하였는데 온몸에 떨림이 왔다. 순간 황홀하다는 느낌과 더불어 '저게 말이 되나?'라는 단어가 머릿속에 들어왔다. 그림인지 거울인지 구분이 안

되게 만드는 것도 있었고 과학적 근거 논리를 사용한 예술품도 있었다. 금붕어를 자기 그릇에 그려 넣고 물을 넣으면 출렁임으로 금붕어가 살아서 움직이는 느낌의 도자기, 신화에 나오는 제우스의 아버지라는 섬세한 나무 조각상도 있었고 천재라는 건 존재한다는 사실을 실감하였다.

　모든 경험을 하라는 것이 아닌 본인에게 필요하고 이건 도전을 해야 한다고 생각하는 것만 값진 경험을 해야 한다. 어떤 일에 대한 내공이 쌓이고 "해 보았다."는 곧 "할 줄 안다."로 바뀐다 .

　상황 대처 능력에도 크게 도움이 된다. 많은 경험으로 실행이 가능한지 불가능한지 알 수 있고 실행을 통해서만 진정으로 배울 수 있다. 물건도 팔아 보고 사 보기도 하고 광고를 하기도 하고 세상에는 수많은 일이 있다. 실행을 하고 나서는 본인의 생각도 정리하면 금상첨화이다. 그럼 더 단단하게 머릿속에 굳은 채 기억을 할 것이다.

협상의 우위

협상이란 어떤 목적에 부합하는 결정을 하기 위하여 여럿이 서로 의논하는 행위, 상대방과의 이해관계를 논하고 합리적인 의사 결정을 정하는 자리이다.

- **협상의 5단계 절차가 있다.** (네이버 내 나무위키 자료 취합)
  - **협의 의제와 대안 확인**

    상대방의 중요한 관심사가 무엇인지 확인하고 대안을 명확하게 설정하여 협상 가능 영역을 고려해야 하고 상대에 대한 조사도 이루어져야 한다.
  - **근원적 이해 차이 분석**

    협상에 있어 서로의 차이가 발생하면 상대방에 대한 입장 이해도가 필요하다.
  - **제안 및 맞교환**

    본격적으로 제안하고 맞교환하는 본격적으로 협상할 단계이다.
  - **수락 및 거부**

    해결책에 대해 수락하거나 거부하는 단계이다. 수락은 협상 없이 얻을 수 있는 결과보다 나은 무엇을 얻을 수 있는지 여부를 파악해야 한다. 거부는 협상이 결렬되어도 손해를 보지 않는다는 것을 의미한다.

- 합의 이행, 재협상, 파국

해결책 수락에 도달했다면 합의 이행 단계로 거부했다면 재협상을 갖거나 완전히 결렬되는 단계에 이른다.

· 협상의 전략에 대해 알아보자.

- 협상을 통해 얻고자 하는 바를 구체적으로 정한다.
- 각자의 처지를 고려하여, 양보할 것과 얻을 것을 살펴본다.
- 상대의 반박을 예상해 적절한 대응 방안을 마련한다.
- 상대에게 일정 부분을 양보하여 합의를 유도한다.

협상을 할 때는 언어의 사용도 중요하며 시간(타이밍)도 중요하다. 어느 시점이 우세한가? 재협상의 결과의 타이밍, 한쪽만 무조건 유리하다고 좋은 것은 아니다. 오히려 쉽게 흘러간다면 더욱 의심해 봐야 한다. 왜 그런지, 상대방의 득이 되는 부분이 무엇인지, 원하는 부분을 제대로 줄 수 있는지까지 다 파악을 해야 한다.

예를 들어 무조건 저렴하다고 물건 상태도 확인하지 않고 받는다면 피해액이 물건값보다 높을 것이고 심지어 최악의 경우 피해액에 대한 책임 여부까지 나 몰라라 할 수도 있다. 리스크가 무엇인지 꼭 파악하고 잘못되었을 때의 다음 수도 생각해야 한다. 급하게 한다고 협상을 잘하는 것도 아니며 늦게 한다고 잘하는 것도 아니다. 많은 정보(시장 정보, 일반적인 현황, 상대방이 원하는 가격 등)를 가지고 조합하여 생각하고 판단하여야 한다.

　모든 기업에서 다 필요한 사항이며 이 개념적인 논리가 없으면 이
득인 건지, 손해인 건지도 모른다.

인생에서 롤러코스터처럼
많은 변동은 오히려 위험하다

인생이 일직선으로 곧바로 가는 사람은 거의 없다. 조금씩 변화가 오면서 흐름이 조금씩 바뀐다. 이 흐름은 기분 좋은 변화이며 본인이 생각하는 의지로 하는 변화다. 급격하게 올라가는 것이 아닌 서서히 행동, 모습, 말투 등이 바뀌는 과정이다. 한순간에 잘되겠다는 것은 위험한 발상이다.

롤러코스터처럼 큰 변화의 인생은 그만큼 변수도 많이 생기는 법이다. 그 변수는 생각지도 못한 행복, 불행인데 잘못된 것이 습관처럼 축적이 되어 한순간에 망하거나 다시 시작하거나 한다. 실패에 대해 필자는 많은 생각을 해 보았을 때 긍정적 마인드를 가지고 있으면 강한 동기 부여의 씨앗이 되기도 한다. 또한 부정적인 생각으로 우울증에 빠지다가 자살을 하는 경우도 많다. 사람마다 어떻게 문제에 대해 대적하는지 다르다. 본인 신념을 가지고 움직이는 자는 흔들리는 게 더 어렵다. 실패했거든 다시 시작했을 때는 예전보다 더 나아진 모습으로 시작해야 한다. 자기 관리(컨디션, 운동 등)를 하면서 세상을 똑바로 보길 바란다. 준비가 되면 계획을 세우고 시작하라. 빠진 부분이 무엇인지 중간중간 되새겨 보아야 한다. 그러면 일의 완성에 가까워져 있을 것이다.

항상 정신을 맑게 한다

정신은 육체를 지배하며 상황을 좋게 만들기도 나쁘게 만들기도 한다. 바르지 않은 정신은 자신을 위험에 빠뜨린다. 아이러니하게도 흐트러진 순간 다급한 문제 및 중요한 순간을 결정해야 한다. 앞서 말했듯이 정신이 흐트러지면 행동하지도 결정하지도 마라. 그만큼 어리석은 결정이 없다. 100% 실패이기 때문이다. 정신을 흩트리는 요인 중 하나가 술이다. 주량에 맞게 마시는 것은 무관하다만, 생활에 지장을 줄 정도로 마시면 우월감에 취하든 우울감에 취하든 둘 중 하나가 될 것이다.

약속도 온전한 상태가 아니면 웬만하면 잡지 마라. 치명적인 단점만 보여 줌으로써 평판만 내려간다. 중요한 자리에서 기대가 큰 사람들은 더 큰 피해를 받을 것이다. 약속을 잡을 때도 정확하게 시간을 정하고 안 될 거 같으면 과감하게 취소하면 된다. 그게 상대방에 대한 배려다. 정신이 올바른 상태에서 진행해야 모든 일이 잘 풀린다는 것을 명심해라.

읽어라! 어디로 가야 할지 모르겠다면

1판 1쇄 발행 2023년 10월 18일

저자 김동철

교정 주현강 **편집** 김다인 **마케팅·지원** 김혜지

펴낸곳 (주)하움출판사 **펴낸이** 문현광

이메일 haum1000@naver.com **홈페이지** haum.kr
블로그 blog.naver.com/haum1000 **인스타그램** @haum1007

ISBN 979-11-6440-427-8(03810)